青年诗歌年鉴

谭五昌 主编

Youth
Poetry
Yearbook

2021年卷

内蒙古人民出版社

图书在版编目(CIP)数据

青年诗歌年鉴. 2021年卷 / 谭五昌主编. —呼和浩特：内蒙古人民出版社，2022. 12

ISBN 978-7-204-17278-8

Ⅰ. ①青… Ⅱ. ①谭… Ⅲ. ①诗集-中国-当代 Ⅳ. ①I227

中国版本图书馆CIP数据核字(2022)第231626号

青年诗歌年鉴. 2021年卷

主　　编　谭五昌
责任编辑　李　鑫
封面设计　刘那日苏
出版发行　内蒙古人民出版社
地　　址　呼和浩特市新城区中山东路8号波士名人国际B座5层
网　　址　http://www.impph.cn
印　　刷　内蒙古恩科赛美好印刷有限公司
开　　本　787mm×1092mm　1/16
印　　张　26.5
字　　数　500千
版　　次　2022年12月第1版
印　　次　2022年12月第1次印刷
书　　号　ISBN 978-7-204-17278-8
定　　价　55.00元

《青年诗歌年鉴2021年卷》
编 委 会

目录

CONTENTS

第五辑　西南地区青年诗人

第七辑　东北地区青年诗人

第九辑　诗歌评论

第一辑
年度推荐青年诗人

盛华厚　诗人、画家，中央美术学院美术硕士。曾获得北京大学未名诗歌奖、中国青年诗人奖、博鳌国际诗歌奖等奖项。作品在《诗刊》等国内多家刊物发表。诗作入选《中国新诗排行榜》《青年诗歌年鉴》《每日一诗》等有影响力的诗歌选本。

盛华厚的诗

冶仙塔的夏天

无人与我醒来，并一起走进冶仙塔的夏天
无人与我畅饮，并一起清醒在黎明之前
为了防止阳光刺眼，我用墨汁涂黑了近视镜
为了显得不谙世事，我向一位海王咨询爱情

整个夏天，我躲在冶仙塔像个无法飞翔的老鸟
但我渴望在夏天的午后变成一只聒噪的知了
以便让爱中受伤的人在午休时变得格外宁静
而我依靠曾经的爱活着，只有自己知道多痛

我愿意在你的梦里变成让你哭着醒来的人
当你找到我电话才发觉我只适合活在你梦里
为了活得细腻，我像女人打起一把油纸伞
在雨巷尽头，一个男人向我吐了一口痰

整个夏天的葡萄架下面挤满偷吃葡萄的男女
整个夜空因为没有流星导致情侣们无愿可许
茶花女伸向空中的双手最终只抓了个寂寞
多么相爱的人分居久了都没那么不可或缺

冶仙塔上的灯光在海拔333米的黑夜里闪烁

让两个孤独的人在同一条回家路上依然错过
冶仙塔的夏夜从单位到望京家中一样漆黑
这让我在工作和生活中都变成仰望星空的人

冬夜

要在冬天的夜里将自己缩成一束光
不闪烁，不发热，不把装睡的人照亮
要含着一块冰说，我在黑夜里过得很好
不妥协，不发声，不让吃撑的人和自己拥抱

冬夜苍茫，适合想起一些无法重来的过往
月光照在我的床上，我和李白一起思念故乡
我打开舒伯特的音乐却听到一场雪落满森林
听到特丽莎对他说，我是一个选择面包的人

一片人迹罕至的雪地上不知谁踩出我的名字
我四处呼喊却只听到自己沙哑的回音
寒风来袭，没有人代替我抱紧我自己
我跟随着这串脚印迷失在一片荒原里

有很多年，我一直在找一个人却不知在找谁
就像不知我与叶赛宁的冬夜谁的更冷和更黑
有很多年，我害怕不知在找谁却一直在找
就像害怕在黑夜里失眠，更害怕黎明醒得太早

一只喜鹊

我曾在荒原电闪雷鸣的夜空下观察渡劫的精灵
也曾喝干一缸孟婆汤踽行于彼岸花开的河畔城
一颗流星为阻止我的愿望实现而在天空停留
攒一年假期来场说走就走的旅行那不叫自由

我曾与一只苍蝇争夺地上的一小块果冻
也曾与一头母猪探讨饲料与理想的重要性
是谁操控我在世俗价值中头破血流地坚持？
又是谁在前世投胎时选择了我这样的人生？

太多有志之士奋斗一生也未到达别人的起点
太多人不同凡响的经历最终只是似水流年
我张开单薄的双臂像一只塑料袋在空中飘荡
我向着远方行进，却发觉到了远方还有远方

午夜，一个路口烧纸的女人看着我目瞪口呆
她说我像她的亡夫，并问我是否愿意和她相爱
我说可以，并愿意代替她丈夫和她回到从前
然后她将我带到她丈夫的墓前我们促膝长谈

如果一座城市让你无法忘记你最好尽快离开
如果一个名字让你浑身疼痛你最好尽快释怀
一只喜鹊在隔壁夫妻的争吵中落在我的窗前
我将它捉住，从此让它在争吵中享受我的孤单

曹谁　原名曹宏波，青年作家、诗人、剧作家、翻译家，北京师范大学文学硕士。1983年生于山西榆社，现居北京和西宁两地。2007年创作《大诗主义宣言》，发起大诗主义运动。著有诗集《亚欧大陆地史诗》等10部，长篇小说《昆仑秘史》等10部，文集《大诗学》等4部，编写影视剧本《孔雀王》等百余部。有作品翻译为英、法、俄、日、意、西等二十余种文字。曾获中国青年诗人奖、曹禺杯剧本奖、罗马阿波罗·狄奥尼索斯国际诗歌奖等50余项省级以上文艺奖。系中国作家协会会员，中国电影文学学会会员，世界诗歌运动成员，《大诗刊》主编。

曹谁的诗

通天塔的诱惑

光明照亮一切
从十三个方向
所有的人都被圈禁在高墙内
你借助语言的力量
曾经瞥见通天塔顶
那一秒钟的光
比所有的爱都愉悦
比所有的梦都美好
他们都说那是骗局
可眼睛怎么会欺骗
你曾经见过最美好的世界
你无法阻挡对光明的追寻
他们开始念念有词
借助声音的力量
我们一定要抵达通天塔顶

镜与灯：模仿、表现和拼贴、装置建立起的圣殿

——致艾布拉姆斯和陈旭光

天地中巨大的镜子
一半是真实，一半是虚无
天地间幽冷的灯光
从本我出发，会抵达超我
我们在镜中模仿
我们在灯前表现
将凌乱的万象拼贴起来
我们用装置象征大宇宙
圣殿的基柱从四面的镜中升起
圣殿的中心是金光闪闪的灯火
模仿、表现、拼贴、装置建起的圣殿
抒情、叙事、戏剧、翻译建起的圣殿
在四棱镜的大殿互相映照
灯光变成梅塔特隆立方体
瞬间将世界照亮
一半是真实，一半是虚无
从自我出发，到整个宇宙

我要在世界的旷野上为人类弹奏一支安魂曲

在一望无际的旷野上有一座钢琴
我背着枪踏着青草来到钢琴前
我要为你们弹奏一支安魂曲
琴声在旷野中流转
人们开始疯狂起舞
他们勾心斗角
他们争名夺利
我要为他们弹奏一支安魂曲
野兽也起舞了
植物也摇晃了
山川开始震动
云雨开始飞扬
这世界上最广大的空旷的原野上
我要为我们弹奏一支安魂曲
我手指在琴键间飞动
我背上的枪也在晃动
我一直弹奏到天昏地暗
我要弹到人们全都倒下
我的手指上都是血
最后在泪如雨下中站起来背着枪离去

漆宇勤的诗

漆宇勤　原名漆宇晴，男，汉族，1981年11月生，中国作家协会会员，鲁迅文学院第34届高研班结业，参加第35届青春诗会。在《诗刊》《星星》《青年文学》《北京文学》《人民日报》《人民文学》等各类刊物发表诗歌散文作品3300余篇。出版个人作品集《在人间打盹》《靠山而居》《另起一行》《无法拒绝》《放鹅少年》《抵达》等20部，曾获延安文学奖、井冈山文学奖、白居易诗歌奖等。供职于江西省萍乡市上栗县委统战部，现居江西萍乡。

值得

人间有滚烫的伤悲
像夜色里有人被纠偏有人被删除
这是你告诉我并被我所验证的
手里攥着油菜籽能过街的人
也有一天被蛛丝绊倒

每次在上班途中穿过高速隧道时都会觉得
五月的青山才配得上青山
雨洗过后红色的屋顶在山谷间隐现
只有风吹过，只有无法攥紧的缭绕让你心动
深山里的道袍与僧衣值得一次绝情的辜负

那落满山坡的桐花真美
美得不被人知

原载《诗潮》2021年第9期

拥有

父母给了我足够多的东西
足够让我在这世上认真地活着

不知名的存在给了我足够多的东西
足够让我跌宕起伏完成此生的剧情

也要感谢自己的发现
让我客居时拥有足够多的惊喜

北方和南方的鸣虫
有着相同的方言

原载《躬耕》2021年第7期

理由

与你重逢便是遇到另一个自己
湖边浅浅的拥抱是春风的应有之义

多么柔软的夜，因为你
像樱花和茶梅铺好了依偎之席

第一次我向春天表示感谢
感谢她赐我以流水般的美好

感谢它安排你我的相遇
为世间增加温软的理由

原载《诗潮》2021年第9期

纸上团圆

圆月皎洁的夜里
有人正叫卖星星，有人兜售清风

只有穿藏青色圆领中山装的人
端出一大盆微波不兴的水，默不作声
只有他的桌上邀来了月亮对饮

一路向前不回头的人，都在纸上画圆
安慰被仲秋的风声俘虏的回乡之心

原载《牡丹》2021年2月刊

苏笑嫣　蒙古文名慕玺雅，中国作家协会会员，就读于北京师范大学研究生班。参加诗刊社第36届“青春诗会”。作品曾在《人民文学》《诗刊》《星星》《青年文学》等报刊发表，入选《中国诗歌年选》《中国诗歌精选》《中国年度诗歌》《中国新诗排行榜》等选本，获第三届中国青年诗人奖、第十届辽宁文学奖、第二届骆宾王青年文艺奖、《诗选刊》中国年度先锋诗歌奖、《现代青年》最佳专栏作家等多个奖项。出版有诗集《脊背上的花》《时间附耳轻传》《当花朵隐匿着雷声》。部分作品被译介至美国、日本、韩国、新西兰等海外刊物。

苏笑嫣的诗

季节诗（组诗节选）

春天把我们吹出声来

整个冬天　我们与植物一同沉寂
稍后春天就把我们吹出声来
三月　三只燕子　引领三轮日光
光线开放：一座玫瑰花园

空气潮湿　泥土芬芳
寂静是青绿的　凝眸是湛蓝的
你的睫毛抖动如一只蝴蝶
细小的幼苗　开始酝酿绿色的苦味

这初始的细微与青涩　就像我爱你
当明澈的光流散在你指间
我渴望以玫瑰与黄昏的语言对你倾诉
那些我难以诉诸字句的话语

而你的声音是星星下清澈的水
是春之流光中惊醒的万物的搏动
明亮在你眼睛更深的地方
简单如静水与阴影的寂静

这时间就像永不　又像永远
所有的浑浊嘈杂都隔离于此间
我们的灵魂清透明绿　飘荡如风
在世界的窗明几净之间

鸽子的幽冥

街空了
当秋天暗中隐入苍穹
的另一边
饱含三个季节的悲欢——
色彩　已经疲惫
它们睡眠　并微弱地呼吸
南去的鸟鸣阵阵　为一场降雪
探听人世的消息

霾　从四面八方打开它的包袱
城郊空荒的大街　站在日和夜
梦和醒的混沌里
站在没有记忆、铅色图纸的楼群中
时辰的光影微暗如沙

这个晦暗朦胧的季节
无数个过去的日子
灰白色灵魂般　游荡　失眠　失语
无家可归　并面容模糊
再没有感动也没有惊奇
那些贫血的日子
仿佛远山的暮色
人们沉睡　走入别人的梦中

当一月的风握紧萝卜般的拳头捶打城市
需要躲闪的　是风中携带而来的碎片
那碎片是什么形状
总是取决于你试图封闭
和忘却的话语
摇晃的枯枝欲言又止
易碎的从未消失
它们远比未来更耐久
就像尘埃不会消逝

孤独的王者

我无声地对你说话　黎明
我们的理解、默契 、安宁
如同一个温暖而平静的词　缓缓上升
在夜的青铜容器里熬制之后
到达融合的高度

空气里是去年全部的星期天
流动迟疑　如同行云的静默
桌上的一只空瓶子对着钟摆发呆
我们安坐　静静地等待

整个冬天　全部的日子都是白色
我还有别的什么可期盼
那种充实着我　又将我流落得更远的
虚无　无边无际
如同一场不止息的大雪　浩浩茫茫

在这个冬天　我是孤独的王者
这个世界上　唯一的人
我拥有落寞的街道　忧郁的雕像
孤注一掷的日落和

一朵玫瑰在余晖下金黄色边缘的忧伤
宁静环绕我　犹如低声诉说的脉脉温情

但在这个冬天　我是一个
正在忘掉的人

原载《诗林》2021 年第 3 期

肖春香的诗

肖春香 女，汉族，1981年12月生，新余学院教师，江西省作协会员，中诗网签约作家，现居江西新余。诗作见《诗刊》《扬子江诗刊》《诗歌月刊》《诗选刊》《诗探索》《绿风》《星火》《诗潮》《诗林》等几十种刊物，入选《2020年中国新诗排行榜》《中国网络诗选》等选本。作品获第十一届“红高粱诗歌奖”入围奖、《诗刊》社“新余工小美杯”全国新农村主题诗歌大赛三等奖、2020新余年度诗人奖、新余市庆祝建党100周年诗歌大奖赛一等奖、新余市“市监杯”食品安全主题诗赛二等奖等多个奖项。

钥匙

一块铁
也拥有理想主义的执着
它坚信：一生只打开一个人

在火红的熔炉里炙烤
失去棱角又长出棱角
对抗圆滑又顺从圆滑
（这火光喷射的碎裂，是要经过
刀砍斧斫的）

无需深究我的沟壑纵横
我让自己越来越小，越来越尖
无非是想，精准地
刺痛你的心

瘦笔

一个握笔太久的人
他会把一江满溢的春水
写成一方枯瘦的荷塘
他会抛弃花朵、泥沙

抛弃臃肿的身躯和奔涌的流速
留下满塘鱼虾，和微苦的内心

他会把春江潮水连海平的壮阔
写成一阙枯藤瘦马的苍凉
他会抛弃思念
留下荒原落日的孤独

一个人握笔太久了
他会不断把自己写瘦
直到把自己写成一支笔
直到把一支笔写成一幅石刻的仿宋
横撇竖捺，都纤细而坚定

苦瓜吟

母亲种的菜，总是缺少化肥
拉长剂，膨大剂……
总是一副瘦小磕碜的模样
尤其是苦瓜，仿佛它带了个苦字
就要把世间所有的不幸

都拧巴在自己身上。
这巴掌大的身躯，不知道
要皱眉多少次，磕碰多少回
才这么沟壑纵横

也不知道，母亲这么多年
是怎么把每一次的拉家常
最后都拧巴成了
一颗苦瓜

偏爱

我偏爱芦苇，胜过玫瑰
偏爱蓬乱的田野，胜过园林小径
偏爱杂草、瓦楞、石子路和泥巴味
偏爱干枯玫瑰色口红
偏爱白开水，偏爱水煮鸡蛋
胜过油煎鸡蛋
毕竟，它还未下过滚烫的油锅
还未被烟熏火燎得面目全非
还未屈服于
迫不及待的滋滋作响

毕竟，它依然瓷白，纯真
依然怀有
对生命初生的遥想

赵目珍 男，汉族，1981年9月生，山东郓城人。毕业于华中师范大学中文系，文学博士。北京大学中文系访问学者。在《人民文学》《诗刊》《青年文学》《山花》《星星》《扬子江诗刊》等发表大量诗歌作品，著有《探索未知的诗学——当代批评家诗人和他们的诗》，以及诗集《观察星空的人》等4部作品。曾获扬子江诗学奖·诗评奖、海子诗歌奖·提名奖、深圳青年文学奖等奖项。现为深圳职业技术学院副教授。

赵目珍的诗

午后

葡萄架下的母亲
跟往常一样，正在喂养着
那些灿烂的灵魂
午后的风
就像是逝去的生命
又一次从屋顶上拂过
母亲抬抬头
用眼神跟它们打过招呼
然后带着剩余的粮食
回到房间
然后走到神龛前
燃起一炷香
双手合十
就仿佛刚才真的看见了
此去经年的亲人

原载《人民文学》2021年第5期

尘埃落定

尘埃在一群石头里沉淀下来
黄昏之前，我们需要
找到自己的言说
我们沿着静美的峡谷走
或者游移在附近高山上
无尽的霞光里
每一次，我们都能够
看到有一方落日
从空旷中，掉入人类的密室
沿着荒野之路，追寻吉光片羽
或许这
即是复活尘埃的唯一方式
我们要在那些颤动着的
事物上认出它
要在晃动着的刀光剑影里
认出它，在热烈而又严肃的
森严壁垒里认出它
直到在睡梦中看见
每一粒尘埃的核心，并由此
剥离出裹挟在外的坚硬

原载《人民文学》2021 年第 5 期

星空之谜

我们等待，星空终于打开
那些在浩瀚无垠里歌唱的鸟
那些被放上了天的风筝
那些盛开后飞升向上的花朵
那些从大河里腾空一跃的鱼
那些通过玩耍和想象
向往明亮的孩子
它们和他们都在星空里相遇

我从一而终地爱着它们和他们
尽管它们和他们全都离我而去
而我丝毫不感到孤寂
在人间，我举起酒杯
酒杯里的酒也向天空飞去
为什么我还在尘世拖泥带水
沉重的肉身，远不如
一把可以燃烧起来的骨头

原载《诗刊》（下半月）2021 年第 6 期

林中路

林中之路
通向当年乌云聚集的地方
也通向风的发源地
如今的人们都还记得它
重新走过
仍可见很多人张皇的倒影
令人惋惜的是
那一场风从同一个方向来
新旧之分却已埋下
千万不要再说
风马牛不相及这样的言语
历史的意志
是可以被人籁冲散的
每到大雨将至

我们都要反省这林中之路
有多少人被歧路缠绕了
有多少人能抱着
真理的微光愤然前行

原载《诗歌月刊》2021 年第 4 期

尹宏灯 男，汉族，汽车经理人，江西省作协会员，中诗网第四届签约作家。1981年4月生于江西宜丰，1997年开始诗歌创作，2010年获江西省首届南风诗歌奖、入围2016年华文青年诗人奖、获中诗网2017年度优秀诗人奖。已在《诗刊》《星星》《绿风》《阳光》《诗选刊》《中国诗歌》等百余种刊物发表作品，著有诗集《奔跑》《而立书》。

尹宏灯的诗

不惑书

没有人能拒绝你的到来
来了就来了
来了，我们就相依为命

先是一起喝茶，举起尘世的沉
然后一饮而尽，放下空
如此反复，再反复

如果你还觉得不过瘾
就重新点燃炉火
继续煮沸，那遗失的光和爱
显然，不会再有恨了
剩下的悲欢
让它们在沸腾中
自由和解

不惑之后，我们就守着
一座空山

中年墙

很多年前
那些爷字辈的人走了
他们身躯搭建的墙也倒了
坍塌掀起的风浪
遥远，天空平静

近几年，一些父辈的人
开始抽身而去
墙体掀起的粉尘，扑面而来
空气变得窒息
我忽然说不出话

前面的墙
已越来越少，而自己
俨然也立成坚实的一堵
硬生生地，将孩子们
挡在了身后

中年茶

一壶茶，经反复冲泡
从深到浅，由浓变淡

沏茶者俯首端杯
尘世的清静，尽握在手
杯外之事，在举放之间
亦愈加澄明

当年那个采茶少年
那一刻，正归隐山中

潘宏义的诗

潘宏义　男，汉族，1981年10月生，诗人、作家、策划人、影视编导，云南省作家协会会员。发表作品400余万字，出版著作《雪山清泉古镇束河》等10余部。担任执行制片人的电影《寻找雪山》荣获第26届中国金鸡百花电影节少数民族电影展优秀新片奖、第十三届中美电影节金天使年度最佳儿童电影奖等国内外六大电影节的十项大奖；编剧、导演的微电影《守望雪山》荣获“玉龙雪山”微电影大赛奖励，并被译成英文、法文等在海内外广泛传播。现为丽江师范高等专科学校民族文化研究中心副主任、纳西学研究院副院长、学报执行主编，兼任丽江旅游研究所所长、泰国格乐大学创新创业导师。

玛尼堆

经幡飘舞的路标，莲花开放
刻满六字真言的花瓣
是遗留在山冈上的脚印
黄昏中闪动的情节
开启一个个心灵的密码
一滴清泪打湿一个朝圣者的归途
一片鸿毛飘零一个不眠的长夜
那彩色的石头，会说话的石头
会在黑夜间复活，说话
嗡嗡作声，安送游荡的亡灵
灵鹫的哀鸣找不到栖落的高枝
随着转经筒一起盘旋
盘旋轮回的生死
从左到右
从前世到今生
从今生到来世
生命的轮回在石头上记写沧桑
龙蛇竞走，日月辉映
青苔累累的纹印
叠起虔诚的祈愿
一个玛尼石两个玛尼石三个玛尼石

一百朵莲花两百朵莲花三百朵莲花
一千种菩提一万种菩提一亿种菩提
在玛尼堆堆起的境界里
轮回千年

星空下

夜是黑色的瀑布
与月光流淌成河
树的怀抱高过天空
向一朵云绽放了爱情

夜莺的歌谣唱响
蟋蟀的情话痴缠
湖面泛起粼粼波光
鲜花盛开，盛开在你的脸上
温柔得让风颤抖

世界屏住呼吸
心跳高过睫毛
而我将在斯时斯夜
和你一起
星星般彼此温暖
在对方深情的凝视里
一生守望

姐姐

提篮采桑
在目光所能抵达的村庄
遇见你的笑声
姐姐，所有的目光在阅读你嫣红的脸
姐姐，你的名字
盈满我一生的月亮
异乡的小弟总走在回家的途中
路上，遥念你眼中滚落的忧伤

喊我吧，姐姐
就喊我的乳名，喊那枚酸涩的梅子
喊我离家时频频回首的姿势
让时间一步步退回从前

父亲

立于草间
阳光凶猛
而岁月，这只残忍的老虎
会时刻降临
噬咬父亲沧桑的额头
一把闪烁着先辈理想的锄
与父亲，深入大地隆起的腹部
从汗孔里跳出的星星
照亮一家人的渴盼

此时此刻
一种高贵蕴藏在弯腰的哲学中
父亲只一个简单的姿势
就让我回味一生

刘宁　女，纳西族，1996年生于云南丽江，现任教于丽江师范高等专科学校，云南省作家协会会员。作品见于《人民文学》《作家》《民族文学》《诗歌月刊》《中国诗歌》《大家》等刊物，诗歌评论见于《诗草堂》《四川日报》等，曾参加第九届中国诗歌“新发现”诗歌营、“你好青春——首届全国大学生诗会”。

刘宁的诗

我窗外有一片苞谷地

我窗外有一片苞谷地
我必须在这里听到风，听到我曾经
在奉科乡听到的那些声音——
关于
一片竹林如何在黄昏中沙沙作响
一个
身负巨石的青年如何逐金沙江水远去
还有
那个从未出过远门的小牧童
他如何
把世界安放在牛背上的声音

阿恒朔

阿恒朔七十五岁那年
早早为自己找好了墓地
有一晚，披黑袍的死神来到火塘边审问他：
“你这一生是否有所遗憾。”
“没有，我的牛群像石头凳子山一样壮硕，
我曾祖父在门前种下的两棵棕树，在我的照料下，和白云一样高”

“可你一生都蜗居于此，从未见过世界是什么样。”
死神紧紧追问。
“我睡在奉科乡的大山间，就是仰卧于世界的群山，
我饮用金沙江的水，便熟知世界的河流，
我坚守玉龙雪山的白，所以遵守与万物的盟约。”
“你错了，这个世界早变了，和你看见的根本不一样。”
“金沙江水奔腾不息，玉龙雪山万年不化，我们是背着石头逐江的人。”
“那天堂呢，难道你不向往天堂。”
“天堂和地狱为一，我已在人间经历过。
死后，我院前的白马将会送我前往祖地——
松树长满群山，白鹤在云间下蛋，
我的祖先用松树盖房，在永不枯萎的草地放牧，
缝一件白披毡就一辈子穿不完……”
死神沉默，悄然离去。

变成纳西话的海浪

在沙溪，我们坐在一条河上喝酒
河水发出海浪的声音
我们用纳西话
大声谈论那些存在和不存在的事物
我们用纳西话
评价沙溪镇田野里稻子的长势，比较奉科镇和沙溪镇的群山
我们用纳西话
说到一些人的死，一些人的生
我们的谈话越来越偏离去向天空的轨道
我们和我们的纳西话
在空荡荡的沙溪镇，一点一点向下塌陷
最后，只剩那条河里的蓝色海浪
在虚空中永久徘徊。

已无寂静可说

坐在深春末的边缘
一只白龙广场的风筝
飞舞着天空的冷寂
依附于我体内的轻盈开始升腾
仿佛那根风筝线一下子拽住了我
仿佛它已认出我是人群中的异乡人

周园园　女，汉族，1989年生，2014年毕业于福建师范大学。有诗歌发表在《星星》《草堂》《芳草》《山花》《中国诗歌》《福建文学》等刊。出版过诗集《回望时光》《银花戒指》。

周园园的诗

源头

我记得，父亲在世时，我们常在盛夏
开着窗，阵阵清风吹来白薯与青豆的味道
夜晚把亮闪闪的星星放在我们的头顶
实在是太美好的时光
以至于我常常怀疑它是否真正存在过
就像现在的生活，一个人面对空白墙壁
想念，有时巴赫的曲子随雨声响起
那面墙上便有数不清的音符重新排列
有时它也变成一片光海
涌动着水母与金枪鱼
多少潮湿的日子就这么过去了
多少人从未尝过疯狂的滋味
我一生都想重回的，便是源头处
那个似乎存在又似乎不存在的夏天

原载《草堂》2021年09卷

不及物

这些年
生活赋予我的
仅仅是无法接近它的经验
无法获取及物的智慧
就那么悬着，像老式的钟
童年里摔坏的蓝色瓷瓶
再也没有拼凑出完整的海

原载《草堂》2021 年 09 卷

纪念日

大约十年前，我与你第一次相遇
夏夜灯光中的影子写着名字的偏旁
东湖的水，涟漪脉脉，温情
流淌着玉一般的笑意
现在，我们在雨中走过
积水的柏油路，凤凰木在雨水里
异样的热烈，如火焰摇曳
为这样的时刻，我们准备了寂静
与长久的默契，为自然展开的一切
为时间，准备深海的晶蓝

原载《草堂》2021 年 09 卷

敖竹梅　女，汉族，1997年4月生于江西萍乡，伦敦大学学院硕士，江西省作家协会会员。曾获北京大学“未名诗歌奖”，南京大学“重唱诗歌奖”，武汉大学樱花诗赛优秀奖。现生活于江西萍乡。

敖竹梅的诗

武康路

走进秋天，像走进生活可供回旋的余地
羞怯的树叶在试探光的温度，风伸出它的绿袖子
一阵跳动的打击乐路过

法租界，小洋楼或是故居
烫金的声音正被复刻进文学史的轨道
一如战时呜咽的谣曲

两个影子摇曳在梧桐下，预备一个婚礼
摄像术将用来记录或封存
同心结，那有关语言的巫术

这里也有很多崭新的陈旧，譬如公寓生活
人们寄居其中，就像驳杂的时代
寄居在那些窄而霉的房间里

车站

穹顶半透光，纪念碑的阴影暗过今晚
广场的风迟钝着围拢，使众人的记忆微冷

驻扎在车站的是年轻的流浪者，人群的边缘
睡袋如暗礁，鼓胀着坚硬而饥饿的爱欲

咖啡洒了，一些希望没有被握紧
鸽子无声地绕过流动的苦涩，它们黑得使人盲

没有口罩，她抬头：失血的嘴唇打着沉默的手势
她哭，但不只她在哭。

此刻，城市如胀大的气球，水在其中饱满
它总被划伤，但不会被弄破

她借来的烟烧着黑夜的煤：令人难以分辨
那发出哭泣和嘲弄的，是否是同一种声音

嗓音压低的街区，疲惫隐晦在确定的脸上
我们快速地斜穿过去，你说，月光也会把人晒黑

夏日的片段

进入八月以来
天空常在一片弥漫的灰色之后集结一批
涨紫了脸的吹号者
我靠在窗边，在看一场高空表演

暴风雨对夏季午后保持着狂热的偏好

它试图成为野蛮人，而不是热带短暂的观赏鱼

摇晃的玻璃灯仿佛透明的水母
以片刻的闪烁预知下一场陆地上的风暴

很久之前，我的听觉和蛙鸣一齐消失
树还在，蝉粘着树，咒语从另一个空间穿越，从白昼到夜晚

屋顶的雨水滴在空心的栏杆上
钢笔的墨水下坠，伪装成夜行人的脚步声
此时，梦像滴了露水的蜘蛛网，我的心在建造一所房子

胡粤泉　1987 年生于井冈山，现为中国散文家协会会员，江西省作家协会会员。多篇作品曾发表在《人民日报》《诗刊》《中国诗词》《江西日报》《扬子江诗刊》《西部》《散文视界》等刊物。2012 年由大众文艺出版社出版散文集《井冈山上有座湖》。2010 年 5 月，获得中国散文家协会主办的“中国散文华表奖”青年组一等奖。

胡粤泉的诗

洪水

等你时
一分钟都是漫长的
陪着你
一生都是短暂的
而激动的心情是一场洪水
喧嚣一阵后，到处一片狼藉

原载《扬子江诗刊》2021 年第 2 期

柔弱的水站起来了

我在潭底仰望
从天而降的瀑布
为它磅礴的气势震摄
为它高亢的歌声折服
攀上岩顶，看到一条
温柔流淌、轻步曼舞的溪水
绝境，柔弱的水站起来了

原载《扬子江诗刊》2021 年第 2 期

太阳喷头

天真黑，黑得
如一片无边际的海洋
倾银河之水
也难洗尽黑污垢
盼啊盼……星星睁疼了眼

清晨的太阳喷头悄悄举起来了
真神奇！水花四溅，阳光飞溅

原载《扬子江诗刊》2021 年第 2 期

翻脸

养了一只猫
那么温驯、乖巧
笑容可掬
有一天，它猛地
用爪子在我胳膊上
抓出一道血痕
啊（多么突然的不认人
生活中，常有这样的翻脸！）

原载《扬子江诗刊》2021 年第 2 期

王悦　女，汉族，现居西安。西北大学创意写作专业在读研究生。曾在新疆教书三年。作品发表于《诗刊》《飞天》《延河》《绿洲》《散文诗》《散文诗世界》《星星散文诗》等刊物。

王悦的诗

崖边速写

耽于下颔的悬崖
鼻孔如迫切拉着的旧风箱
任何灰尘的入侵
便也成燃烧的枯草

生活是永远战胜不了的病毒
在一次又一次话语中完成反讽
抽唾已久的树枝
只剩三只祈天的手指

崖边，闪烁红绿色光晕
我的周围簇拥着众人
眼中雾气腾漫，如万花筒
不自已的风
将我钉入梦中

原载《延河》2021 第 2 期

游向月缺

雪，和月光，尽数落满黑夜
在黑夜中点一把火
燃烧山间巨大的彩色云朵
继而，留下袅袅云烟
每个山头，都立着一棵树
指向每个人幸福的彼岸
每个人都不会选择骑一朵云
而是，必以身之汶汶
游向重山隐隐背后的月缺

原载《延河》2021 第 2 期

一些关于积雪的证明

来自远山的呐喊
从积雪的托木尔而起
雪水流淌进神秘的峡谷
追逐峡谷最深处的沙石

这些或方或圆的自然物
完成千百年来的沉淀
毫无顾忌地说起一只
在夜间星光下奔走的狼狗
撕扯着北风的凛冽

你可知这名为托木尔的山峰
为你挡下了多少来自西伯利亚的
刺骨之寒
为你流下了多少澄净凝滑的
孤独的泪

那托木尔峰顶端的雪
便是最好的证明

原载《延河》2021 第 11 期

望禾　本名王静，青海省作家协会会员，就职于青海师范大学文学院。1993 年出生于青海海东，毕业于北京师范大学文学院。作品见于《绿风》《青海湖》等刊物，收录于部分选集，被《现代青年》杂志评为 2019 年年度新锐诗人。

望禾的诗

麦子

想起春天的麦地时
黄昏正挤进窗缝
雨水溅落沙尘，从体内上升

理解一株麦子，收割时的疼痛
北风，正雕琢着发肤
以及久在人世的灵魂

留下更为坚牢的、寡淡的部分
比如盐粒般滚烫的泪水
柔软如荇草的诗文

吹散自我的碎屑
以及午后的钟声时，才发现
自己被打磨成，一株风里的麦子

选择在钟声摇晃的冬天折断自己
而后，在一个春天的傍晚
修葺自身

原谅自己

那一刻我原谅了自己
迂拙的生活，原谅胃痛与失眠
以及儿时飞走的
那只云雀

原谅被命运带走的人
原谅疯狂生长的，荒唐的念头
它们总予我苦痛，虽然苦痛
有时像春天的锄头

当麦穗，被秋天的山峦举起时
土地总会原谅
而它也会接着原谅冬风
原谅我内心
冰冷又固执的部分

孤独的形状

比如日落的窗口
比如病床
比如离家关上的木门
比如压在书里的电影票根

比如“活着”的部分字根
比如“月”这个汉字
但月亮此时是圆的
近中秋了

想起一些圆，或不规则的事物
大山，雨水，原子，葵花
鹿的眼睛，河水磨损的石头
以及母亲的孕腹

方形的事物出现
世间
便开始有了孤独

安然 满族，内蒙古赤峰人，现供职于花城出版社。中国作家协会会员。出版诗集《北京时间的背针》《我不是你的灌木丛》《站在星光的袖口上》等。诗作被翻译成多个国家文字并发表，入选内蒙古自治区年度汉语诗歌排行榜。参加鲁迅文学院少数民族文学创作班、《十月》杂志社十月诗会。获《草原》文学奖诗歌奖、草堂诗歌奖年度实力诗人奖、名人堂年度十大诗人奖、李杜诗歌奖新锐奖等。

安然的诗

给我

给我水
给我灵感
给我修建一座房子
没有春天的池塘

给我灵魂
爱
和野兽般的命运

给我——
比夜，还要辽阔的生命

难过

我为鹰的突然坠落而难过
我为风的暴戾而难过
我为长白山上负伤的母鹿而难过
我为村落的枯槁而难过
我为晨光中正在接受消融的雪而难过

我也为自己难过
长久以来，我从未获得先人的锋芒与理想

金桔皇冠

我是一个小小的金桔
头戴皇冠，在众人中孑然而立

那个在日光的照耀下，赤裸，凝望——
小小的，散发清香气味的，是我

罗紫晨的诗

罗紫晨　曾获黄亚洲行吟诗歌奖、“诗意韩国”诗歌大赛金奖、东西方诗人奖、野草文学奖、白天鹅诗歌奖、中外诗歌散文邀请赛一等奖、中国校园“双十佳”诗歌奖提名奖，作品见于《星星》《中国诗歌》《中华文学》《山东诗歌》《陕西诗歌》《湖北诗人》等文学刊物，并入选多种选本。供职于水利部长江水利委员会，现居湖北武汉。

三八是日速写

隽水社区的人都知道
我是罗家的小女儿
高家的儿媳妇
很快，在即将赶来的六月
腹中的种子会结为果实
我会成为一个小婴儿的妈妈

不同的身份像异色的颜料
以我为载体，涂抹，渲染
直到赤橙黄绿，交融渗透

在色阶杂芜的迷宫里
我更像一块百衲布
各样的称谓缝接在一起
针脚互相咬合
将女人的一生，纫成牢固的线路

可我知道，我的底色是我自己
譬如玫瑰，它首先是玫瑰
然后，才是爱情

在陶瓷店

一个陶瓷器皿
可以盛水，可以盛菜
有时也可以装上花瓣
甚至还可以空着——
我们热衷于填满
到头来才发现
所谓满满当当
无非就是空空如也

路边的红蔷薇

花瓣红得鲜艳
花枝仰着脖子
根茎把身板挺直
花叶片片舒展——
她有宠辱不惊的品格
接受着赞美与漠视
又不曾为其所累
她有随遇而安的属性
在路边，倔强地绽放
用毫无保留的红
奋力挤走
这个世界丛生的黑白

鱼小玄 女，汉族，原名赖韵扬，诗人、作家、插画家。在《人民文学》《诗刊》《诗探索》《创世纪》《儿童文学》《少年文艺》等百余家文学期刊发表诗作近千首，作品入选多部文学选本，在《深圳特区报》等多家报刊长期开设散文专栏，学生杂志社特约作者，曾受邀参加海内外多项文学活动，多次受邀为刊物书籍绘制插图，举办过多场个人摄影绘画作品展。获第四届北京大学未名诗歌奖、第十届中国红高粱诗歌奖等文学奖项。现居广州，创立个人艺术设计机构。

鱼小玄的诗

皎月

摇桨的人尚未归来，湖水拍着月亮
月亮扑通一下子落在了，清雾编织的渔网上
那渔网又阔又大，盈白的珠蚌还在孕着明夜的
将掺入碎碎星子的夜色阑珊

月亮继续落，落在桐花的枝椏上
桐花才开了一半，闭着眼睛只是不说话
为什么不说话，为什么却淡淡绯色上了脸颊

月亮也不说话，有人打湿了衣裳，
有人还在湖中撒网。水声里是她的南方山乡
山乡中走过一轮月亮，她在月下给他
回信中写，还是，不能忘记他

原载《诗刊》2021年6月下半月刊

春初

桃花不只两三朵，油彩淡薄，好天气刚开始
大姑妈又要走亲戚，她跨过铁轨，青草从指缝冒出
火车没有鸣笛，减速、减速

当年，她从娘家来，此地遍是荒冢、野花、泥蛙的足印
雨水是洗不净的
旧年历、蜂窝煤、年糕、水螅和池草，它们面目清晰
一五一十算着陈年就帐
擎花面伞，姑妈，你的步子可以慢下来了

原载《诗探索》2021 年第 3 辑

牵牛花少女

花匠家的小女孩儿，初初长成少女模样
夏天来到村庄，花匠家门前的竹篱笆忽然缀满
睡眼惺忪的牵牛花。那么多那么多的牵牛花
羞羞答答地提起裙摆，慢慢悠悠地准备开放

小小牵牛花，你怎么有了小心思啦
小小牵牛花，你怎么将心思绕了许多弯
小小牵牛花，你怎么盛着露水使劲儿开花
小小牵牛花，你怎么忽然打开了那么多喇叭
小小牵牛花，你怎么牵起了夏天就这么跳起了圆舞曲呀

原载《初中生之友》2021 年 8 月中旬刊

林萧的诗

林萧　本名申文，湖南永州人，中国诗歌学会会员，广东省作家协会会员，兼任广东清远诗社副社长、《清远诗歌》副主编。作品散见《人民日报》《诗刊》《星星》《诗歌月刊》《诗潮》《散文诗》等报刊，入选《2019中国年度优秀诗歌选》《2020年中国新诗排行榜》等年度选本，著有诗集《红尘之外》《朋友别哭》、长篇小说《苦夏》、评论集《评心而论》等，获2020年冰心儿童文学奖等多个奖项。现供职于广东清远日报社，居广东清远。

约定

此生，为了能再见一面
我们必须活得足够久
活得足够老

在清远，没什么不可能
飞霞山的禾雀花在恋爱
千年瑶寨的雨写意出一幅画卷
飞来湖的水蓄满了无限温柔

此生，终于能再见一面
在时光静止的洞天仙境
我们抚摸对方脸上的皱纹
含着泪，颤抖着分离

原载《文艺报》2021年12月3日

修鞋的女人

弯着腰，斜披着头发
眼神专注于形形色色的鞋
她有时用一台机械拆解、缝合

有时用铁锤敲击，用剪刀裁剪
在机械工、装修工和裁缝的角色中转换
更多的时候，她戴着口罩像个医生
把一只只生病的鞋治好，让它们回到脚上
继续行走、奔跑，或者舞蹈

她阅鞋无数，从鞋的高低辨识人的江湖
她低矮的房子允许陌生人进出
被带走的鞋，偶尔被讨价还价
被留下的鞋，折射出安静的光

人间有酒

来吧，酒杯已洗净
清风明月已备好
这一方庭院，只有你我
只有蓝色的火焰在心底燃烧

举起杯，忘了时间和空间
忘了酒的源头流淌了几千年
忘了李白醉酒与东坡诗酒趁年华
何处是渐入佳境的最好诠释

人间有酒，生活多了一份温暖
心中多了一份值得窖藏的往事
梦里，将刀光剑影一起埋葬
江湖已远，围炉旁酒香飘散

刘雅娴　女，汉族，湖南邵阳县人，八岁后成长于广东省广州市，现为华南师范大学文学院美学专业硕士研究生。第一首诗歌作品获 2015 年“全球华语短诗大赛”三等奖，此后坚持诗歌写作，诗歌见于《诗刊》《诗林》。

刘雅娴的诗

对望

无叶枝椏，今春
黄花风铃木盛开已有两次
我与它怯怯望见彼此
众多的失败爱恋
匆匆不如风
满世界的花都站在绿叶上
我们却开得这样
孤独又自由

春神

回南天气，小雨不断
窗外华夏路，沉重木棉花朵
腐烂的沉默，可是
除余冬的骤寒，还应体会
另一些轻盈紫荆，开放的余温
春天是手执两端的神，又少女般
情绪动荡，微风吹过旧书堆
积尘飘散，蛱蝶似的飞入
更高的视野，乍暖还寒间

仿佛我们一抬头
就能重新生活

逃离

在白云机场
清晨的广播
通知一些人去往宜昌
一些去往杭州，一时间
我仿佛就是那被屡屡呼唤
又始终走失的人
在这一场逃离中
我最爱飞机下降时的剧烈滑行
从云端层层跌落
束缚也一一解开
直至着陆，直至再次经历
另一块土地平坦的真实

尘轩的诗

尘轩　本名谭广超，现供职于作家杂志社。中国作家协会会员，长春市作协副主席。作品散见《作家》《花城》《星星》《草堂》《诗歌月刊》《绿风》《诗林》《文学港》《鸭绿江》等期刊，有诗作入选多种选本。著有诗集《圈地运动》（“21世纪文学之星丛书”）《隐形云梯》等。曾获多项文学艺术奖。曾于北京、长春等地举办个人诗画展。现居长春。

也门婴孩

一说也门
我便想到乌达·费萨尔
一个在战乱之地饿死的五月大的婴儿
还会想到帕里德
一个在捉迷藏时被弹片击中的六岁男孩

和枪炮声躺在一张报纸上
乌达·费萨尔与帕里德是时间、地点、人物
不是事件起因，却是结局之一种

奄奄一息时——
乌达·费萨尔即便在哭，也因身体缺水流不出眼泪
帕里德哀求着：“不要埋葬我！不要埋葬我！”

落生就是难民
没有充足食物，没有清洁的水
饥饿、干渴、疾病，被不远的风吹过来
没有选择权，无法将生活搬到别处

我想问问这个世界：
哪里才是也门婴孩最后的家园？

原载《花城》2021 年第 1 期

我所经过的河流

我在走，还是你在走？
河床在走，还是水在走？
水在走，还是时间在走？

我要提醒很多人
时间，不是从这里流走的
逝者如斯，仅是不太恰当的比喻

河流的时间也不知流向哪里
时间或许是种气体，浮在河面上
慢腾腾地到来，急匆匆地消散

时间是圆的，
从这里开始，也从这里消逝
而河流，还不知从哪里开始

家园建在距河不远处
河流走得急
来不及倒映天空，也来不及倒映往事

我所经过的河流，大都不够清澈
像年少时的我——
因了混沌，常常忽略时间的存在

原载《花城》2021 年第 1 期

缅怀一条死去的鱼

离开水，一条鱼成为不再游行的示威者
它死了，未举行葬礼
躺下去，盘子是棺椁，时间是墓碑
它张着嘴，想说的话似乎没有被杀鱼者掏干净
它睁着眼睛，一辈子没有闭上的举动
它也想看看，腹中到底藏着什么秘密
不是虚伪者，腹中只装有愤怒和鲜血
不是背叛者，绝不会丢弃柔软的祖国
当鱼离开水，它会拒绝整个世界的怜悯
杀鱼的人没有放下刀，鱼却放下了活着的愿望
此时，空荡的房间里只有我和妻子为它送行
只有瓷器是白色的，烘托它向世界告别的气氛
我将鱼放入锅中，让死了的鱼在滚水里游
让那些没煮熟的活法，再回锅一次
当掀开锅盖，原来有些死亡的味道并不难闻

原载《文学港》2021 年第 8 期

诗歌课

含在嘴里，诗是糖果
踩在脚下，诗是大地
一层层遮住枝头，鸟跳荡其间
栖居，诗是灯一样的巢
人在下面，仰望着一首诗
树下的人，走来走去
微笑，诗是弧线
哭泣，诗是射线
发怒，诗缠绕在一起

钉入木头，诗成为肋骨
种在深山，诗变成石头
写诗的人长成矿工，给身体及时间留下孔洞
诗从树下起飞，给夜空一道划痕
成为装置，被置于某颗星球
风化成某种永恒，是无尽的昼夜

原载《小诗界》2021 年第 3 季

王文雪　女，汉族，1991年12月出生，公主岭市作协会员。作品散见于《诗潮》等文学刊物。偶有获奖。

王文雪的诗

抚琴

我把最好的，都给你。包括
挚爱的那朵菡萏，和视若珍宝的红豆，一起寄给你
玉盘珍馐，不论朝夕

我在北方之北，眺望你的南山之南。一个人
乞求苍天，宽宥那些不被允许的冲锋陷阵
从此，没有谁，再去丈量谁的不是

抚一曲长相思。你来，弹给你
你不来，就弹给自己

站成一棵树

没有谁可以戏弄我的命
皑皑白雪，覆盖了离离之原。每一次呼吸，都是一门手艺

不想被冻僵，不想衰亡。把寒风剪碎
等春天一来，让所有的委屈消失殆尽
尽管，每一次的突围，都危险重重

我要，在这千里冰封的世界里拼命地活
我想在春天变成你的花姑娘，想在夏天为你乘凉
想在秋天结满硕果。请别怀疑我

我只想庇佑你。在你身后，不言不语

整个下午都是安静的

与这满园春色，等一场淅沥
我看雨，你撑伞

桃花不说话，梨花不说话
我也不说话

与一支风信子，在微雨中邂逅
再讨好一场春风。不让一朵杏花
左右为难

苏瑾的诗

苏瑾　原名：苏琳，女，满族，1997 年 9 月。就读于首都师范大学，生活居住地，辽宁大连。

山楂树

山楂树结出的果子是红的
18 岁女孩儿身穿的嫁衣也是红艳艳的
一如红扑扑的脸蛋，一如朱唇轻启时的粉红
究竟是哪种红？只有相爱着的人才感觉得到
送别时依依不舍的转身
隔着空气渐渐聚拢着的拥抱
一个名字叫红的女人带来了一团误会
也无意间做了信使
心儿痴痴，孤身而行。善良的光芒
闪烁在波光粼粼的河面上
“等不到了——”
第二年五月，山楂树上开出了红色的鲜花
有消息了，却是告别

原载《小诗界》2021. 01. 21

奇怪的味蕾

我用趣味去生产一首诗
有点懒惰，因为我企图
让我的读者去判别它的好坏

有时，我待在自己的房间里
敏锐的听觉
擅长从断断续续的对话里
提取信息
我的身体，在这个
有点狭窄的空间里
进行了一场超越常规的活动
比如，我断定
气味，是一种意识
天空渐渐暗下来
我把孤独安置好
换了个场域——厨房
比较味蕾的差异

白石桥南

熟悉的地铁站
谁的打量撞上了那段过往

蹙眉的间隙
我俨然弄懂了茫然了很久的
那个问题

有人从这站上
有人从这站下
目的和终点
不过是时间开的玩笑

麦子的光芒

一缕光照射在麦穗上，泛着麦芒。

穿过大片的麦子，是佝偻的父亲。父亲的脸庞，在光里，像稻田神圣的膜拜者。

光在集聚。汇聚成一点。我的眼睛盯在父亲手中的镰刀上，挪不开眼。

这把镰刀是父亲自己做的，像月牙，像艺术品，像父亲心心念念的老伙计。

芒种，麦粒贪婪地吸吮着头顶的阳光。我戴着草帽和父亲一起收割。

手握镰刀，攒足了劲儿迎接这片土地的饱满。

第二天，天蒙蒙亮，发黄的小麦堆积在谷仓里。我笨拙的嘴，不知如何赞美。

离乡多年，我早已长成一株麦子。在父亲的汗水里浇灌出智慧的麦芒。

多年来，我行走于远方。父亲被岁月的镰刀勾出了老茧。

“需要累积多少辛苦，才能播种出大地的生命。”

赶在劳作之前，读书的孩子赶回家，想尝尝故乡的味道。

我爱这片土地。农事，是男男女女在苍穹之下的本色繁衍。

当世界寂静，我看到大地吐露出由内而外的坦荡，足以承载一个孩子的理想。

原载《星星．散文诗》2021. 05. 06

董喜阳　男，汉族，1986年6月生，吉林九台人，祖籍山东临沂。吉林省青联委员，中国作家协会会员，结业于鲁迅文学院第三十四届中青年作家高级研讨班（青年作家班）。曾从事酒店管理、传媒、出版、艺术策展、党政机关类等工作，现为长春市作家协会诗歌专业委员会秘书长，《芒种》杂志编辑。作品见《诗刊》《十月》《中国作家》《作家》《大家》《北京文学》《青年文学》《星星》《扬子江诗刊》《草堂》《人民日报》《光明日报》等，曾获中国青年诗人新锐奖、关东诗人新锐奖、长春文学奖、诗歌月刊优秀诗人奖、鲁藜诗歌奖等，部分作品被译成其他国家文字在国外发表。

董喜阳的诗

游君山

君山岛如天然的大阵
悄然而入的我们，阵中的天眼
透过虚无的影像锁定
我们的肉身
我们像是被某种暴力抓住
任性地策划的较量似乎展开
这阵有缜密的情节
有墙壁，有地基
有骨架，有淋漓的鲜血……
似乎我们过往的生活就是这样
好像就是我们自己建造的
又被它完全掌控的事物
沉默的我们寻找多年的破败的意义
都含有一种复原的力量

君山岛，又似乎是一部兵书
古老的符文，酩酊地颂歌谱写成的兵法
是的，在我眼中，万物都有灵魂
它们需要真诚以待
在我眼中，万物皆是兵法——
飞鸟如弓，流水如刃

群山如阵，花草如兵……

我们的相遇
是丑陋，是美丽，是痛苦，是衰败，是荒凉
是缄默的枝丫与风的对抗
乞丐的庄严与意义
像疯子的梦呓，像无家可归的苦难
更仿佛这神圣的君山
与自然的握手
向神锁起来的诉求
——曾红波先生，君山的雾气
和蔼于你，光芒临到了
你看，词语和语言找到了我们

汴河街

对着汴河街的风吹口哨
潮湿的手伸向我
每一缕风都带有古老的意志
受它统治的那些彩旗
摇晃着小脑袋，翻起的每一个筋斗
都是一种浓缩形式的思考
风是一个故事，它的结尾并不是雨
雨惯常地穿着崭新的大褂走来
那褂子上的补丁
潜心修竹的隐士般
冒着士大夫的香气
走过风雨的人，在汴河街开始燎原身心
像我身边的曾先生
风雨之于他是旁观
我说他是在水云深处，垂钓的人
就好像他总说我
是从自己的影子中走下来的……

请收割我的疼痛

请拿起镰刀插进我的土地
要使出全身的力气
好让那些密不通风的庄稼
不能阻碍铁器的进入
你站在田头，多么像病房里的医生
动作优雅的你，似在对待标本
你知道，我并没有吃早餐
你开始忙碌，日头之下的一切虚无
你拿起一片安眠药，不带有商标
瓶中倒灌着白色的空气
狭长而幽闭的岛屿，像是时间在追讨欠债
我的身体
每天都定时被秤钩拎起来
总有生锈的镰刀，收割我的疼痛
当我打开，声音还未出来
我的唇灵巧的接受了这一切

信仰的根基

若不是一场雨，我的目光不会临到它
雷声底下擎起的火把
夕阳余晖尚未褪色的火焰
它燃烧着，发出赞美的声音
突然，我的内心不再有所期待
一辆公交车的到来似乎和天气无关
甚至，和这个痛哭的季节无关
忽而，我想做一棵树
就站在雨水下，或是在溪水旁
要按时结出果子
并，永远不长出干枯的叶子

臧思佳　80后诗人、作家，辽宁大连人。北京师范大学与鲁迅文学院作家班研究生。诗作在国内多部刊物发表，出版诗集若干部。

臧思佳的诗

音符

我高估了自己的耳朵
以为足够宽容，便
可以容音符安家

可生为音符
便有跳跃的本性
它们从不曾学会，为了
一只耳朵
安分守己

关于音符，关于雨

阴天里想你
总不及那场雷雨
这样的话说出来，得让
天空多了多少悔意
可再滂沱的雨后
大地也会重新开始呼吸
那些蒸腾的水汽
仍会在身体里无孔不入

液化凝聚，或者
白露为霜
就像千里之外寄给我的
你的呼吸
总有一天，会沉浮
另一叶帆
而我，那时阴天
会下起，你当年的雨

总有一些无法调和

抱紧你就无法看着你
靠近你就无法拥有你
这样的矛盾始终在上演
只不过因为害怕
我们蒙上了双眼
就像你，始终在回避矛盾
可真相总有一天来到面前
并把蒙眼的手
生硬地拉开

焦典的诗

焦典　女，汉族，1996年生，北京师范大学文学创作博士在读，导师莫言。现居北京。文学作品发表于《人民文学》《十月》《诗刊》《雨花》《星星》《飞天》《汉诗》等。获2020年“中国·星星年度大学生诗人奖”、第六届青春文学奖、首届“京师—牛津青年文学之星奖·金奖”等。

如梦令

盘山路朝天，人没有一个
我载爷爷去跑山，骑漂亮的
黑色油摩托
我已经是大人，油门捏很紧
争渡，争渡
再浓的雾和鸟鸣，也不松手
时间落我们好远
爷爷说他和我一样年轻

到了桥的那边，吃米线叫“甩”
小锅米线大锅煮，鸡丝米线加三层“帽”
我甩一碗，爷爷甩三碗
哪个都讲厉害。风也长长甩
赶着云一路，到山顶吃草去

爷爷讲他没出过国
我们就去长水坐飞机。看昼与夜相连
看月亮像家里面烤苞谷
溅起的一颗火星子

当然这些都是梦里的事了

事实上爷爷从不允许我骑摩托
吃面只放盐
但爷爷离世时船划很快
争渡，争渡
并不等我和河流追上

关于我爷爷打败谷歌地图这件事

从前人们信赖脚
我爷爷，1953，负剑下云南
深山饮冰水，鞋带系成无名河
手绘地图缺氧，白茫茫大地真干净
彼时草木佚名，人造卫星尚未发育
路是走过才敲打出形状的神像

后来天空不空，挤满千里眼
穿金钟罩配太阳能铁布衫
局部拥堵，前方掉头
比例尺愈小愈密
绣花针针脚功夫四方不败
爷爷老眼不敌谷歌，梦里梦外都迷路汗涔涔
地图精度不断上涨，像潮水汹涌
我的爷爷是迟钝糊涂的那一浪
是被一个指尖点击打下去的那一浪
江湖快意恩仇，时代从不信仰慈悲

最后那个夜晚哇，六尺病床化身青竹
凭此一跃，爷爷纵身入无极
回到寂静的那边，回到万物恣意
蚂蚁亦可仗剑行走的那边
回到了那边
谷歌地图决其眦目都难再辨踪影
我抹着眼泪高兴，纸上扎马步
在又小又细的墨迹里
练习爷爷最后教我的隐身之术

好东西

宋女士喜欢穿旧衣服
晒过一千次辣太阳，足够柔软
也十分妥帖，紧挨皮肤淋过很多年雨和鸟鸣
宋女士喜欢打座机
经常拿起放下，寻隐者不遇
等待我们给她回拨，像十七岁站在芭蕉树下
乘凉，慢慢等一封城中来信

宋女士不喜欢开灯
灯光只会在我们敲门之后到达
她爱在寂静的屋子里
看透明的窗户逐渐染色
变灰、变黑，变成水墨浓浓的山
宋女士还不喜欢车厘子
未熟透的本地樱桃最得她心
一咬浑身冒细密的刺
酸涩把夏天分开一个口子
凉风吹向家属院、棉布窗帘、紫藤垂落的石走廊

宋女士应该是对的
新衣服坚硬，手机伤眼
灯光令人燥热，车厘子食多伤胃

宋女士是我的奶奶
她把好东西留给自己
把坏东西都送给了我们

山神

以前我们老乡不会在山里迷路
以脚为刀，从山的开口往下切
像开一只紧咬珠子的蚌
地图由蝴蝶翅膀的纹路显现
战事的结局已在火烧云的流向里预演

以前山野多雨，是海的褶皱
太阳下晒了几万年
还是一步踩一个小水坑
林鸟一遍遍出海捕鱼
到了傍晚，只有落单的一只回来
山神从不在乎它打败了什么
缓步行走，我们在它的肩膀上起起伏伏

后来山神满腹委屈
它说老乡时常抱怨
它满身石头，长不出迎客的松
也长不出茂密的路

今天我们不喜欢登高
爬这个动作要求的审核太多
望远只需弯曲脖子
茱萸自然会在线上会议里出席春天
山水花鸟压缩自己的大小
在开发区以图像的格式铺排

这个时代不需要山
山神离去时已患近视

蔡英明　女，汉族，1999年生，现居福建晋江。作品散见《诗刊》《星星》《飞天》《草原》《诗选刊》《山东文学》等刊物。曾获海南省首届晓剑青年文学奖等奖项，入选《中国诗歌》第十一届新发现诗歌营。

蔡英明的诗

自画像

我的灵魂像一架飞机
她是我身上最繁忙的航班

我的额头太小了
不能装满那些金光闪闪的思想

我的身上有无数风暴
连大海都不能除尽

有时我也会哭泣
鸟飞起来的时候
仿佛被分割的一小块陆地

我的全部是镜子
有时用破碎，完成自己

读达尔维什

这棵树灿烂得如同爱情
爱情散发水果味

我死去的衣裳挂在晾衣绳
祈求海水与飞鸟带走我

我写下的诗句像刀剑插在我胸口
我爱你像梅子即将腐烂
我爱你像树梢渴求雨水

童年，我曾埋葬一棵樱桃树
我们的爱情
如泥土般不能自拔

原载《山东文学》2021 年第 5 期

在海边

我一生无法算出
小数点后的哪一位
最接近爱的边界
大海哪处的石碑作为誓言

你的爱是没有透露姓名的花朵
我至今未能找到对应的馨香

流动是大海的主色调
新的浪花致敬逝去的浪花

异性是蓝色的水与铅色的天空对立
爱在海平面获得统一

我们在光晕底下镀成
一对可爱的小金人

爱的形状很小
装进篮子，任凭大海携带它寻找远方

爱的声音很小
麦子收割后躺在蓝色田野上

原载《诗刊》2021 年第 3 期

李慧文　重庆写作协会会员。1995 年出生，毕业于北京大学中文系，创意写作硕士。目前为高校教师，从事诗歌、小说创作和研究，诗作入选《青年诗歌年鉴》。

李慧文的诗

夜晚的钟声

在夜晚，我们最容易
和“那个人”说话，语调平缓
告诉他：你的束缚和挣扎
你把那些刺猬一样的栅栏
拆去螺丝钉，留下竹条编织
成为夜里的精灵
于是
重新构建一个王国
国王是自己，头戴三支笔
没有子民和城墙
做一个午夜的王，在钟声敲响之前
遁入黑暗之中

呛

吃一片葱姜蒜爆炒的腊肉
让味蕾习惯这呛人的味道
先是厚实而后麻木
窗台那盆未浇水的多肉
开得正好，一如锅里的腊肉

阳光将它翻炒均匀
一如屋里的你
躲在书桌前，命运的手加以佐料
将你炒出呛鼻的味道

一只黑猫

它的野心如虎
凝视着草丛里的罐头
一个轻松的跳跃
它身后的花便开了

历史如这只黑猫
在它的脚下繁衍
过了许久以后
拨开的泥土告诉我们
或许过去从未过去
一只黑猫和罐头

关于夏天

那是红色的夏天，火从天空坠下
点着了后山的那片林子
我拿着苍蝇拍追白蚁
奇怪的事在后面：它们纷纷长出翅膀
黑色的细胞在体内膨胀
断掉的几根纱线给了机会
而后，它们围住一生寻找的太阳
做出英雄的姿态，危险地迫近
往往在几下闪光之间

母亲那时还年轻，将它们一网打尽
奶奶告诉我们是要下雨了
我和弟弟偷偷蹲在角落
观察那些被肢解的身躯能否复活
抑或组合成另一种生物
关于肉体和灵魂的问题
那个夏天，没有人回答
我们只是等待着

石慧琳　女，湖南湘西人，四川大学博士研究生。作品发表于《中国校园文学》《湖南文学》《湖南诗人》等刊物；入选《青年诗歌年鉴》《中国新诗排行榜》《中国新诗日历》《湖南诗歌年选》《诗屋》等年度诗歌选本。出版诗集《掌心朝上》（宁夏人民出版社）。

石慧琳的诗

窨子屋女人

窨子屋老了，瘦弱的身子任风雨吹打
它的老年斑这般死寂，像死鱼漂浮水面
听，有喏喏的声音从残壁中传来
婴儿般的声响，是历史长出的新牙

女人听着时间的呢喃，一声一声
天井滴下水珠，她静静听着
门窗生出蜘蛛网，她沉沉看着
她的背后，挂钟声敲打夜的黑
钟的背后，无限的时间膨胀，拉长
时间的背后，一些故事警惕着，躲藏着

窨子屋的女人都有一个美丽的名字
有些故事与美丽的名字有关
它们整齐排列，堆放在心里

老屋长出了嫩绿的青苔
女人每除一块，裸露的石板就露出真容
如时间回退，布鞋踩过
似乎每一片都挂着憔悴与不安

听见风在祈祷

这个傍晚，没有落日，没有余晖
没有让人惊叹的风景
自古以来的衰落象征生出外壳
只有风在江面上吹，泛起一条条鱼尾纹
正如你脸上波涛汹涌之后留下的记号

都已经老了，时间也烂在了风里
过江的小船靠岸了，岸边的老人踽踽前行
翻过岁月的掩盖，废墟中古刹钟声沉入心底
我们曾经也不过是命运的信徒

古寺败落，转轮藏仍然刻着十八层宿命
那最真的故事，当属于略过净瓶的风
这恍若祈祷，恍若合手祈祷

缺失之境

如果恶是善的缺失，那么
我走过的每个地方都不该让我失望
但每个漫长的冬天，我还在继续体会
一种直线下坠的缺失感

屋外的灯光泛起泪花，汽车陆续经过
慢慢靠近，再慢慢远离
想抓起喧嚣中藏匿的安静
它是让我与世界分离的罪魁祸首

也许世人的爱还不足以淹没内心的堤岸
可是，我们越是挚爱，越是缺失——
像走入一种无法抵达之境

汪亚萍 江西永新人，陕西师范大学英语硕士。高中英语教师，江西省作家协会会员，江西省第六届青年作家改稿班学员。现居南昌。十二岁开始文学创作，作品见于《作品》《星火》《诗潮》《飞天》《骏马》《中国诗歌》等刊及一些诗歌年选。16 岁出版小说《纯美的爱情》。曾因 56 首学生评语诗歌被江西电视台报道。有诗歌入选《青年诗歌年鉴》《2017 江西诗歌年选》《2018 中国新诗排行榜》。

汪亚萍的诗

两件礼物

田埂被春天晒得暖暖的
田埂里面是跳舞的油菜花
田埂上头是奔跑的两岁妹妹

花和妹妹在这里相遇
春天包装好的两件礼物

原载《诗潮》2021 第 2 期

契约

"白天太晚了，因此
我从夜里偷来几个小时"
——许渊冲

现在，让我立下契约
夜晚十一点前入眠
养殖体魄，继续为人

一定有一个你，像我一样
在或近或远的黑暗中

一直贪婪地汲取夜晚
它快要被榨干了

夜晚的墨将被漂白
白日拖拽长裙撞击门框
手举平衡木，不再纠缠
必须放下，才能守住契约
才能为人，才能钉住铁轨

原载《诗潮》2021 第 2 期

再没有像这样平静

当我熄灭一盏灯，夜色
像一只纯白鸽子
双脚探在我的双肩上

为了不惊飞它
思绪被关在窗外
呼吸的翅膀缓慢收拢

原载《诗潮》2021 第 2 期

张端端　笔名张不知，女，汉族，90后，福建惠安人，福建省作家协会会员，参加第十二届十月诗会，作品散见于《十月》《诗刊》《星星》《中国诗人》《四川日报》《泉州文学》《泉州晚报》等刊物，已出版诗集《不知诗欢》。现居福建泉州，供职于泉州师范学院第二附属小学。

张端端的诗

郊野公园

我要记录这些偶然拾获的闲散
喝啤酒，看看不长叶子的柠檬树
阳光，水分，这些词来自人类的臆想
旷野的灌木丛里，自然是遥远的祖母
时间，常常从水流的摇篮取走一点点
养分和爱。不会说话的植物们
亲切热爱着彼此，它们的皮肤
没有容易衰老的褶子，它们好像活得更长久
感情也更长久。可以这么形容它们：深情
这一处不经修缮将近废弃的公园，旁侧的便利店
偶尔传来人巴上坡的喘息，接近人类弓背赶路时
急促的呼吸。好像这些暂且与我没什么关联
这处僻静的公园内，花儿开得比较少
不过现在，我们都将被送入日暮
夜色将平等对待一切，这是亲切的暗处
留有的温柔，这是留给准备哭泣的人的温柔

原载2022年《星星》第4期

一首诗的诞生

操场上，仅剩三四个男孩踢球
教学楼二层，余晖探向教室门缝
她带上铁门，在黑板复刻、延伸
几句残诗的构式。边角留有语文作业
她工整誊抄写诗句，讲与自己听
讲台旁，琴叶榕拓宽它坚韧而细长的叶脉
捕捉空气时有发生的动人时刻
我同她挨得很近，有时我就是她的影子
在她留足于修辞学，一个艰深而俏皮的停顿
大部分时间怅惘，萧肃的季风和粉笔灰
一闪而逝如掉落的松针，无处捡拾之感
而在此时摩擦出火花，于这面板墙暗涌波浪
无限翻腾的夜海，高楼闪烁着光之鱼鳞
神秘的鹿角惊现轮廓，迷雾褪去面纱时
她擦洗黑板，收拾诗稿，关掉电扇门窗
从秘境中全身而退……

交换

我们在一家咖啡馆交换礼物
你送我经验的日常：你忙碌的丈夫
挑食的二宝，三胎计划……
你频繁在唇的风口煽动风浪
我被你甩在闭塞的港湾，同你感受着
其实我无法感受的沉重，那些像怪石一样
赘述在你肩头的顽固。我本想告诉你
我近来的写作计划，订阅书目
阁楼小花园新换下的盆栽。边缘的隔绝感
在汤匙晃动的短柄就快溢落，我恍然察觉

落寞只属于我，你身后有偌大的陆地
繁茂的森林，生命的淡水。我只是划着小皮艇
匆忙向你靠岸。忽然想起阁楼那架许久未掀开
的电钢琴，和那位一生不肯上岸的钢琴师
我未见得有他的浪漫。亲爱的朋友
收下礼物时，我不知道我该馈赠你什么
我这一无是处的空乏附着于你尾音的感叹
像奔赴的碎浪全然而退，我能馈赠你的
只有明晦交错在镜像的热诚的泡沫花

荆卓然　就职于阳泉市矿区融媒体中心，现居山西阳泉。文学作品散见于《诗刊》《上海文学》《作品》《星星》《诗选刊》《解放军文艺》等刊物，曾参加《星星》诗刊“第八届中国星星大学生诗歌夏令营”。曾获《人民文学》杂志社第六届“包商银行杯”全国高校征文三等奖、首届全国大学生牡丹文学奖、河洛桂冠诗人奖等奖项。著有诗集《小鸟是春天的花朵》、散文集《桃花打开了春天的门窗》。系山西省作协会员、阳泉市矿区作协副主席。

荆卓然的诗

油灯是夜晚盛开的花朵

这只将户籍迁到城市的油灯
年龄
比爷爷和奶奶的皱纹还长

油灯不会说话，也不会唱歌
它的工作就是，在一个个夜晚
将一只只失去航向的眼睛，安放妥当
点亮千家万户的鸟语花香

油灯是夜晚盛开的花朵
忽高忽低的光芒
多像洞房花烛夜
一位目光羞涩的新娘

我常常在没有月亮的夜晚
点亮这盏，锈迹斑斑的油灯
将微弱的光芒，化作一把钥匙
打开心中，门窗紧闭的故乡

我们的表情万里无云

春风一路向南，把你的笑容
洒满了我的心窝

我和你走在校园的小路上
不管是晴天还是阴天
我们的表情都万里无云
不管是上坡还是下坡
我们都手牵着手
跋山涉水，千岩万壑，如履平地

在青春岁月中启程
我们的专列一路顺风

把该放下的放下，我们就能飞起来

云是一位圣人，端坐在我们的头顶
把该放下的放下，我们就能飞起来
去自己想去的地方

有时候，很羡慕云，能把蓝天和我们的心情擦亮
能看山，看水
也能看到远方的你

把心放宽，自己的胸怀就是天空
学会松手，自己的双臂就会变成羽翼

齐润艳的诗

齐润艳 笔名轻舞，内蒙古作协会员。作品散见于《绿风》《散文诗》《中国汉诗》《诗中国》《长河副刊》《零度诗刊》《神州乡土诗人》《科尔沁诗人》《科尔沁文学》《大风》等刊物。有作品入选多部诗选本。

空山与鸟鸣（组诗）

一

上山的路崎岖而荒凉
与日渐稀薄的生活相比
它的辽阔多于我
对着巨石敞开喉咙之前
把自身的重物暂时放下
它们成分相同，承载各有不同

试图以喊山的方式，喊出沮丧与忧伤
喊出不知所措的刺
山谷以沉默的姿势抵抗言辞
我不能去讲一些坚硬的道理
只听那些句子幻化成一座山谷的回音
它们空灵，神秘，薄如烟雾，缭绕在山腰

鸟在天空盘旋
鸣叫声在空旷里一声高过一声
盖过心里的空荡荡
在它扣开月亮的门之前，我将隐于一缕轻烟
倾听这一生摇摆不定的心跳

二

鸟鸣有穿透凡尘的力量
在山与山之间悠长回荡的时候
体内的青山绿水逆流而上

时光微苦，风擅长把人的声音吹得很低
把季节的衰荣与冷寂高高举起
这阳光下明亮的忧郁
反复弹拨梦境
梦境里的美好，是尘世打磨月亮的样子
我愿意留存在月光的清冷里，等一场雪落下
把每一片雪花都认作我短暂的亲人

三

我确定，还爱着这些坚固的事物
它们向我点头示意的时候，我放弃抵抗
这高耸入云的山，好像能擎起整个天空
我随一只黑鸟的鸣叫，栖息于一阙流水的琴音

深爱，是一条河流
我没有船，也没有竹篙
只揣着属于自己的那部分尘世，在岸上行走
这尚好的年华，恐要付于巨石之上
等觅食的鸟找到我
请它为我的半生续一杯虚无
我继续沉醉在阳光的臂弯里，浅浅睡去

原载 2021 年《散文诗》（青年版）第 12 期

野子的诗

野子　本名屈路凯，2018年毕业于兰州理工大学英语系。系甘肃省作家协会会员。有作品发表于《飞天》《中国诗歌》《散文诗》《牡丹》《散文诗世界》等刊物。曾获海南作协全国大学生四月诗会首届“四月诗人”奖、《中国汉诗》2018年度优秀青年诗人奖等奖项。参加《中国诗歌》2021第十一届“新发现”诗歌营。主持“野子现代诗英译系列”等诗歌翻译项目。现居甘肃天水，供职于天水国投。

济南笔记

清明之后来到济南，离开时已是谷雨
清晨时分，大巴经过水库高高的堤岸
郊野和城区就被久违的人潮连接
而我们的距离，已经间隔了两个节气

上一次，面对一汪突兀的泉水
泉水映照出我的性格
而今，虽是偶尔临湖而立
湖面已不再泛起多少涟漪

这一次，没有去公众场合谈论诗歌
但也在我谋生的课堂上
加入了两个隐晦的字：泉城
一眼泉水直通大海，一只飞鸟飞回北方

在天水

所有途经的地方都让我产生相似的误解
一旦有了一个容身之所，接近水源
城市就在黄昏时分降临，按照故乡的模样坐落
一如眼前的渭河，竟径直流向四川的盆地

回想当时的天水，醉酒后我想起过一个人
时至今日，已没有必要追溯她的名字
那只不过是年少时的情愫罢了，早该忘记
不该忘记，一场热烈的雨打湿二十岁的内心

后来的一天，我乘坐六路公交车驶上高速
惊叹于窗外的风景，有从城市剥离的快感和落寞
从他们淅淅沥沥的话语中，我听到不再年轻的自己
在天水的光阴匆匆流走，我们注定就这样老去

葱葱的诗

葱葱 本名：张益聪，作品散见《诗刊》《青年作家》《绿风》《江南诗》《诗歌月刊》《四川散文》等刊物，入选《天下好诗：新诗一百首赏析》《2020年中国新诗日历》《2020年中国青年诗人作品选》《中国地学诗歌双年选》《女子诗报年鉴》《青年诗歌年鉴》《中国汉诗》等多种选本，在征文大赛中获各类奖项数十次。

雨夜

夜晚　灯光　雨声　心情
每一个词组都被淋得湿漉漉的
再调和一勺泪水
年月里的一声叹息

少女蓝

应该为一片少女蓝雀跃
没有叠加的心事
云朵是一只蓬松的枕头
入梦的都是重归的快乐

故事

不够吸睛的开头
无法从容安放的情节
被风吹疼的文字如叶落
谁的眼泪下成了满篇的标点
结尾被命运改了又改
滑向虚无的深渊

梁甜甜的诗

梁甜甜　女，中国作家协会会员，黑龙江省作家协会全委会委员，鲁迅文学院与北京师范大学联办作家班研究生。现担任哈尔滨市作家协会少年作家创作委员会主任、黑龙江省作家协会诗歌创作委员会委员。作品散见于《诗刊》《诗林》《星星》《诗潮》《哈尔滨日报》等报刊，已出版诗集《花信芳菲》等。多次参与省市作家协会组织的丛书撰写。

快递员

如果下雨，暗淡的日子里
负责速递的工蜂会充当太阳
飞，变得慢了
却不敢辜负每一朵花的期待
在日月间劳作，栖身
仅有小小的蜂窝
在阡陌间穿梭，寻着
最藏匿的花朵
数不尽的蜂在花丛吸吮
细长的针叩开每一朵紫花的门
就像节日中的孩子
带着甜蜜狂奔
丛林茂密，总要淋湿些穿梭
丛林广阔，却难觅栖身之所
甜蜜，是蜜蜂的负担
蜜蜂却说，负担亦是甜蜜的

原载《星星》2021 年 8 月上旬刊

丁香公园

夕阳在雨丝间奔跑
紫丁香与叶子依偎，怕着凉似的
隔壁的栎树倒是挺硬朗
正眺望霞光
环卫工在树下
时不时地，打量乌云的眉眼
盼着一个慷慨的笑脸
他让扫帚依偎着树
让一朵掉落的丁香花依偎在掌心
比细雨更轻柔地托起
仿佛，掌中香喷喷的春光
在滋长

原载《星星》2021 年 8 月上旬刊

王珊珊的诗

王珊珊　女，澳门大学计算机科学在读研究生。有诗见于《诗刊》《星星》《诗歌月刊》《青春》《滇池》《边疆文学》《延河》《中国校园文学》《江南诗》等。参加第十三届星星·大学生诗歌夏令营，获“野草文学奖”、中国校园“双十佳”诗歌奖、“白天鹅诗歌奖·星锐奖”、中国·邯郸大学生诗歌节一等奖、“求是杯”国际诗歌创作与翻译大赛二等奖、中融全国原创文学大赛二等奖、国际诗酒文化大会全球征文大赛校园组现代诗铜奖、粤港澳大湾区高校征文二等奖。

以祖母为镜

漆黑里，蛙的眼睛犹如神灵
注视着无知的蚊虫
也盯着我。其实我并不
引人注目，只是习惯在夜里冥想
或纯粹地发呆。以此
安抚我那由于年龄增长带来的不安

我被卷入一个新的漩涡
在二十四岁到来之前，看到
祖母枯萎的、松弛的皮肤
——我未来的走向
无力、窒息从祖母的眼睛传到病床旁的我
连同我出生时就有的双眼皮
一起走向我的七十岁、八十岁

原载《滇池》2021 年第 12 期

重阳，与暖暖书

突然起风了，有秋灰扑过来
像一只温顺又狂放的猫

眨眼间，我没有把叶落的过程看真切
但它就躺在那里，沉重
如古老的秤砣，它再也飞不起来

你看，那朵云从圆变成椭圆
再被拉扯出不规则的形状——
凹凸是它们对平淡时光的反抗
出于羞涩，你我也曾对抗岁月的雕琢
极力遮挡额头或身体冒出的凹凸

傍晚，金鱼偶尔浮出水面，吐出漫天橘霞
公园里，有小男孩把透明泡泡吹上了天
有老人把透明泡泡吹上了天
抛却阿尔兹海默症不谈，他们是同龄人
方圆十里，年纪最大的是池塘里的老龟

暖暖，我知道你害怕老去
我和你一样害怕。我们畏惧的不是衰老本身
而是记忆衰退，直到彻底忘记
我们无法容忍几十年后的知己面对面却不相识
细胞、肉体可以衰老，相似的灵魂应该同步青春

原载《中国校园文学》2021年2月

给昙花的仪式感

抽出一点时间在黑夜中静坐
什么都别说，什么也别想
只是默默地凝视，不要流露出
丝毫伤感。以爱人、家人的态度
让它对仪式感有所知觉
让它离开时和到来时一样轻松
落下来，打湿花瓣的
——只是感动

枯萎的昙花因此得到缅怀
赏花人离开这座城，留下牵挂

原载《青春》2021年第1期

深夏鸣

深夏到了乌蒙山上
静谧是一种奢侈

足以与蝉鸣抗争的
是藏在某一个石缝里的蛐蛐儿
它拼尽全力嘶吼，似乎
要把白天输给知了的气势赢回来
尖锐的、不间歇的
一声声，像绣花针一样
刺得头顶上空的星星不断眨眼
弯月也躲到了远方

可以预见——
无止境的，这白天黑夜的喧嚣
将成为我若干年后的怀念

原载《中国校园文学》2021年2月

第二辑
华北地区青年诗人

景治东　笔名诗景，系中国诗歌学会会员，作品见于《延河》《鸭绿江》《青年文学家》《奔流》《作家文苑报》等刊物及网络平台。

景治东的诗

笔下的文字

平整的一畦土地
多么像父母为我准备的
一张稿纸。握住河流那支笔
我在肥沃的土壤里
日夜操劳

黄土地里长满
西红柿苗，黄瓜苗，茄子苗……
可爱的幼苗渐渐长大
笔下的文字，为祖国的希望
吐露不同的语言

山里刮起大风
吹走了几声咳嗽
跌宕起伏的心，刹那想起
长时间没去陪伴脑畔上的植物
孤独了好久

童年的那把椅子

久别的窑洞里凉飕飕的
椅子，土炕，柜面，锅盖，灶台
落满一层厚厚的尘埃
贴在墙上的画，是当初的粉丝
她注视着椅子无言无语
一摞沉默的书也注视着椅子
椅子，多么像个害羞的红苹果

右手抚摸干瘪的椅子
擦拭逝去的时光，送上一份温馨
坐在椅子的怀里，追忆过往的岁月
它吱吱嘎嘎喊出我的乳名
诉说多年的孤独寂寞
掏出手机为童年的那把椅子拍照留念
几只蝇子趴在窗户上紧盯着我
它们好奇的眼神，好像从来没有见过人类似的

一只串门的猫卧在缝纫机上
闭目不是为了养神，只为等待腥味
急躁的时候，偷瞄朴素的椅子
它忍不住几孔窑洞的寂静，喵喵喵叫唤几声
唤醒了许多旧事

陈赫　西藏作协会员，河北青年作家高研班结业。曾服役于解放军某部，新作发表于《西藏文学》《四川文学》《星星》《诗潮》《诗选刊》《诗林》《草堂》《牡丹》《石油文学》《延河》《香港文汇报》《解放军报》等报刊，先后获得第三届农民诗人奖等全国奖项。现为某文学杂志编辑，中国邯郸·雁翼诗社社长。

陈赫的诗

你好，亲人

我们再也不敢跪拜
怕溅起的黄土，刚好压住沉睡的亲人

我们再也不敢焚香
怕溢出的味道，刚好呛到沉睡的亲人

我们也再也不敢诵经
怕呢喃的声响，刚好聒碎沉睡的亲人

我们再也不敢哭泣
怕挤出的泪水，刚好淹没沉睡的亲人

我们再也不敢，来到他们的跟前
怕他们突然高声地说
你好，亲人

而那时
我们都是无法返乡的人

原载《草堂》2021 年第 7 期

欢乐颂

雪没抱怨过太阳
一场变成了一片
一片变成了一块
一块变成了一口
一口变成了一粒
一粒还会跟着风落在树上，摇头晃脑

雪没悲伤过
一粒的洁白并不比一场逊色
一场的纯洁，还没
一粒深刻

原载《四川文学》2021 年第 11 期

葛小明的诗

葛小明　山东五莲人，自由职业，中国作协会员，山东省作协签约作家，中国自然资源作协签约作家，山东省作协诗歌委员会委员。在《诗刊》《人民文学》《钟山》《天涯》等发表作品百万余字，作品入选各类年度选本40余次，获第五届“紫金·人民文学之星”散文奖、万松浦文学奖、大地文学奖、全国打工文学奖、齐鲁散文奖等多项，著有诗集《集体失传》。

万能的父亲

挂在树枝上的裤子
还没晾干便再次脏透了
门前的那排大白菜
像立在风雪中的麦苗
被密密麻麻的白色粉末
吓得瑟瑟发抖

作为石匠的父亲
洗菜叶的时候
比洗裤子时温柔多了
那双手能屈能伸
能肢解石块，能种白菜，能养家糊口
能擦干流到嘴角的眼泪
能安抚深夜哭闹不休的婴儿
也能在采石场创造出世间万物

只有那根万般不能的支气管啊
孤独地挂在身体里
像那条挂在树枝的裤子
随随便便就蒙上了一层灰

红象的诗

红象　本名田宏祥，河北保定人，现居北京，就职于中国移动通信有限公司研究院，系四川省散文诗学会会员、渌水诗社社员。作品散见于《启明星·校园文学》《西藏大学校报》《台湾好报》《鄂州周刊》等多家报刊及中国诗歌网等网络平台。

陶然亭早春

我用双手捧起春天
指间拂过的微风
挟裹着一抹暖阳
悄悄掠过湖面

时间尚早，海棠仍是花苞

倘若是我
定要藏起羞涩
在三湖六岸，绽放
一遍又一遍

谈起成长

你总喜欢把自己比作大树
剪掉的枝丫是走过的弯路
渐渐地，便习惯了笔直生长
只为第一个见到初升的太阳
但阳光总是充足的
还是自由生长吧
能够让自己参天的
不只有阳光，还有雨露

李振的诗

李振　1997年生，多家刊物副主编，山西中青年作家高级研修班学员，山西儿童文学创作研修班学员，山西省作家协会会员，太原诗词学会会员，现在中学任教。作品散见于《中国校园文学》《黄河》《飞天》《当代人》《延河》《江南诗》《滇池》《青春》《诗潮》《散文诗》《散文诗世界》《中国青年作家报》《都市》《娘子关》《五台山》《作家天地》《湛江文学》等刊物和微刊，中国校园双十佳诗歌奖、青春文学奖、骆宾王青年文艺奖等多个奖项，入选多个选本。

在白纸上写下

向我挪进身子，再进一步
你才能发现我泥泞的脚踝
日夜不停，摇曳在湖泊的眼眸中

我的心灵，飞出千万只候鸟的我的心灵
上一行刚刚使用了断句

无数鸣叫跳入了我的口袋
我面向阳光的上衣赤裸着
有两句话松开了纽扣

再一次被放走
是在一页纸的末尾
我散落下来
像几个安静的汉字

我们

我们蜂蛹而出，不明所以
我们拿一声号召
装点整个身体
我们跳上跑下
掀起了人间的一阵风
我们飞起来，结伴
逃过了太阳的
一次亲吻
我们读熟了
真正去往人间的
那一条小路

刘祥玺的诗

刘祥玺　男，汉族，就读于北京语言大学文学院。

窗外

山肩挨着山肩
高低起伏肥瘦相间
虽偶有青红点缀
但不注重留白
登上山巅放眼望去
风景是山峦叠嶂还是山峦
偶有一片风景被遗忘
料想此后必将又一山峰崛起
多少双眼睛似豺狼
紧紧盯着这块肥肉
要把它打造成“江南绿水”宝地
多少次我真想做一只蜗牛缩进壳里
但终究失望
寻找不到别人看不到的草地

鹿珠晖 山西翼城县人，天津外国语大学滨海外事学院教师，定居于天津，热爱诗歌创作。

鹿珠晖的诗

所有人都想看到黎明

此时此刻我屏住呼吸
聆听人类的恐惧
碎的，都是碎的声音
黑夜不断加持，原来
心撕裂的声音
比物品摔倒在地更加清脆

嘶哑的声音进行抽泣
柔软的人发生刚强
混浊的眼球蛰得人心直疼
稚嫩的灵魂露出斑斑锈迹
所有人都想，都想看到黎明

哀伤仿佛具有体质

没有什么可以写
想写一写诗
全身贯注着痛苦
写出来的是流不出的泪水

耳边外的世界是热闹的
心里边的温度是冷却的
那么大那么多那么幸福的定义
没有一席一丝属于我

哀伤仿佛具有体质
实实在在地侵扰我
我不想拒绝成年后的自由
却深爱上童年遭遇的阴影

平静快乐满足大笑
这些东西是什么？
我真想看看
孤独的人是不是可耻的

一个孩子，走在童年

那记事的一分钟
好像烙在了童年

家是支离破碎的一片狼藉
回忆里还可以粘贴

那满地的稀碎和零件
水壶、电视机等家的组成

嘶喊划破夜幕和千万谎言
爱的圆盘怎样才能复原

一个孩子，走在童年
身后拖着一条长长的伤口

邱雪雅　北京语言大学在读博士，发表过小说、诗歌、书评、影评等。

邱雪雅的诗

悲伤在远古化为虚无

当父辈的肩膀低垂下来
我知道以后要独自走进生活的大门
只能这样
父亲我没有故乡可以回望
旧物横陈
回到老屋像无处寒暄的客人
院里的家畜和后墙青色的蛇
都使我惊动
长着陌生庄稼的土地震慑我
以严峻的面孔
我在城市流的泪
在黄土又流一遍
日子越来越来越新
我却越来越旧
你们拼着半生走出来的路
我想往回走一走尘埃挂地
割草瓜棚里一夜
在齐人高的苞谷地里挑拣
嘶哑远古的诗意
重复祖辈的劳作
摸过稻子成熟的躯体

风吹过的时候我才能呼吸大地的安静
我才能想起收获的亲人
已经葬在地下的魂魄
月光曾照着他们归家的脚印

孙凡迪 女，北京语言大学现当代文学专业在读博士。中国气象局“中国天气”主持人，CCTV-1天气节目主持人，气象高级工程师。北京市青年榜样，全国百优“金牌主播”。现居北京。

孙凡迪的诗

秋泣

夏是轰然而来
秋则悠然而至
热气还在白天有恃无恐地翻滚
月骨却已然在秋夜里消瘦微凉
夏的潮热滞重裹挟着你
那颗湿润躁动的心
让清早醒来的灵魂
都披着雾气

酷暑里晾晒不干的心
些许刺痒
剥离不开，也揉碎不了
化不开浓稠的夏夜
却划进了初秋
我听到浮游的鱼群在细雨中放歌
它们记得石阶上的草戒
和未熄灭的篝火

万物，不抵抗
也并未睡得很深
它们只是躺在

深蓝色的水雾里
夏末，在月亮的引力下
颠簸，孕育
迟钝的荒原
被一只皂荚树的枝条点燃
它对着太阳渐渐隆起
颤抖又坚硬
像山的脊

秋，从后门探身
带着一扇清风，一枕新凉，一窗皓月
来得很懂事
像落叶飘进山谷的回音
像雨中水面慵懒的波纹
风，单枪匹马
扯住罗云的衣角
日光赶在秋的身前
翻涌起一沓脚印
和半个带壳的种子里
泥土的秘密

火光的秘境里，时光的裂帛上
千年岁月，泥土就在我身旁
有远去的故乡和草原的芬芳
你说想在这个秋天读海子的诗歌
鲁迅的杂文
我却想在藤萝月下和芦荻花旁打个盹
望见秋日河水瘦下去
听见秋雨骑马赶过来
为何我凭栏远眺望尽千山
却再难看清你的脸

锦书细，疏星挂，金风来炎景褪
花在跋涉，月光在清寒中弥漫
露莲相依，月影在细风里靠岸
秋日盛唐的木槿芙蓉
疏影虚妄，静气悠然
绿意变旧，百合穿起夜晚的衣袖
云高天渐阔，人散曲和转
秋既浓又淡
蝉鸣不愿折断在梧桐庭院
那个花房藏着一个并不萧瑟的秋天

我记得那天你的模样
一团光刚好掉落在你的脸庞
像一个日出
红色的漂洗
照亮东边天空的胸膛
你穿着深色的衣裳
泛起淡淡的烟草香

风一阵阵地低下头去
稻谷却一茬茬地仰起头来
世界忽然有了那么多的玉米,棉花,柿子,核桃
秋波漫流，云浪横天
秋悠然，你悠悠然
斜阳雨外，大地上的事情
并不在你我之间

田丰源 80后，现居山东省枣庄市。

田丰源的诗

敬酒

我年轻，饭局上多数坐在席口
接莱，倒酒，续茶水
我也择机而势，给在坐的
领导、长辈敬酒

我将我的酒杯，低到最美的弧度
腰弯成山丘，弯如彩虹
我已完全放空了自己
一低再低，已低到房间最低的位置
再低一点，我就能端起地板上酒杯的影子

我弯下身，让我敬畏的人多喝一些
不是为了今后更好地直立
而是反复练习，弓的弹性

王振的诗

王振 男，邢台市信都区作协、摄影协会会员，河北文学艺术研究院会员，四川省散文诗协会会员。作品散见于《春城晚报》《牛城晚报》《魔术老虎》《艺术界》《小青蛙报》等报刊杂志。曾获首届（香港）紫荆花诗歌奖暨全球抗疫诗歌公益大赛优秀奖；2020和2021年度《儿童诗歌》优秀作者；“金画眉”全国优秀儿童剧本奖等。童诗入选由《少年文艺》等单位联合主办的“庆祝中国共产党成立一百周年百人百首儿童诗歌大展”等。

我一个人占有着大地

蓝天白云下
我一个人占有着大地
大地是如此的青翠
又这样的深厚

鸟儿在我肩头歌唱
蝴蝶在我手掌上飞舞
兔子在我脚边蹦跶
阳光在我身上跳跃

我感到满足又幸福
花朵河流小草大树
小麦稻子谷子玉米
打扮着我占有的大地

杨毅帆的诗

杨毅帆 男，供职于山西杏花村汾酒集团有限责任公司，现居住于山西汾阳。笔名阿僧，中国小诗社社员，野草文学工作室签约作家。曾获得首届“青羚杯”全国青年文学征文大赛优秀奖、山西省国资委“坚定百年初心 聚力转型发展”主题征文活动三等奖、山西杏花村汾酒集团有限责任公司庆祝中国共产党成立一百周年主题征文大赛一等奖，其他作品刊登于“学习强国”等平台。

发丝

青草潮湿又温润的气味
融在夜风中
吹入脏腑魂灵
从发根钻出发丝
开出几朵雪花

于佳琦 研究生毕业于北京语言大学人文学院，后就职于北师大实验华夏女子中学，担任语文教师近10余年，笔耕未辍。发表散文《弄“鬼”》，书评《这条清泉流向大海——评长篇小说〈你好，教授〉》，诗歌《清明花开（二首）》，翻译作品《全凡——画布的灰调》，教育论文《找准切入点 打开一片天——谈抒情性散文教学中的留白》《命运的裂痕 人性的闪光——师生共读〈红楼梦〉中贾探春与甄英莲形象》等。

于佳琦的诗

雨的瞳孔

“雨啊，”我高声问，“你要去哪里？”
音响淹没了你的回答
只看到一闪而过的晶莹

追上你便有答案吗？
我奔跑在雨里
四面八方都是你
“你到底要去哪里？”

雨点砸入瞳孔
瞳孔沉入海底
海底满是雨滴
“别追了，我就在这里！”

风的皱纹刻在你身上
那是子美的春夜
也是易安的黄昏

雪的花瓣藏在你心里
埋起寒江孤舟
落成北国万重

味道是泥土的故乡
裹挟着梧桐
融化了丁香

颜色是昼夜的延长
混合了骄阳的汗水和缺月的清凉
凝结成一爿爿灰瓦白墙

雨啊，你轻声答：
“我就在这里，
在你瞳孔的前方——
在你终于看到了我的瞳孔的地方。”

一粒一粒
带走灰尘
点点滴滴
折射光辉

落，在书架上，古今中外
在衣柜里，春夏秋冬
在餐桌前，酸甜苦辣
在人世间，有始无终

张喆　现就读于北京师范大学珠海校区。平日业余从事诗歌与小说创作，已完成中短篇小说多部，长篇小说一部，诗歌百余首。部分诗歌散见于刊物《中国教师》《诗路》，及“京珠茶馆”“南风文学社”等多个诗歌公众号。

张喆的诗

冥灯

愿，
我的生命是一盏长明灯
照亮地心和宇宙
无尽又茫茫

等待

我站在斑马线旁，闭上双眼
双手揣兜，哼着流行曲
嚼着口香糖

耳边，传来阵阵嘈杂
周围，留下的只有喧哗
我忍不住睁开眼睛，偷窥一下世界——

就这样，过了十年

阿君的诗

阿君 贵州凯里人，现居北京，媒体从业者。作品入选《2019青春校园诗历》《南湖》等公开出版作品集，作品散见于《青春》《青少年文学》等期刊，及《磨铁读诗会》《口红诗歌》《两只打火机》等网络平台。曾获《青春》主办“青春中国”大学生诗歌联赛优秀作品奖，湖北省“一二·九”散文诗赛省级三等奖，武汉高校诗歌艺术节二等奖等。

袜子在武汉的夏天不太容易干

袜子也会谈恋爱吗
晾晒在窗台
一双一双一双一双
袜子也会失恋吗
孤零零的一只悬挂着
另一只不知所踪
袜子也会出轨吗
黑色和白色挂在一起

春节见闻

大年三十那天
我出门之前
我的两个女邻居
和她们其中一个的母亲
三个人在厨房里
叮叮当当做饺子
三个人的声音此起彼伏
像喊号子
初二我醒来的时候

已经是中午
她们两个人
其中一个的母亲
不知去了哪里
她们窝在房间里打游戏
喊着什么辅助和射手
我在走廊里笑出声
原来
节日过去了
她们也和我一样无聊

刘新源　山东省作家协会会员，现在北京工作，外交官、诗人。出版个人诗集《冷天》，作品曾刊发于《山东文学》《时代文学》《散文诗》等。

刘新源的诗

乡愁是心尖肉

我娶了一位妻子
乡愁就成了两份
当我们再有一个孩子
乡愁就再多一份
你有你的乡愁
他有他的乡愁
都在我心头累积
成了心尖肉
在此重压之下
我便慢慢变老

过敏

我们从前在城市边缘的田地里
放过风筝
风筝飞得很高
土地很软
泥土跑到了我们的鞋子里
如今我们都已经长大成人
我也依然对春天过敏

王玥　笔名王任，北京师范大学文学院20级中国现当代文学专业当代文学方向在读硕士研究生，师从谭五昌。创作大量诗歌、小说，累计十余万字。曾在北师大国际写作中心工作，组织并参与了“名师写作指导工作坊第三期·诗歌作品漫谈”及“名师写作指导工作坊第五期·漫谈《赌徒》《一对夫妇》”等活动，与莫言、余华、苏童、欧阳江河、西川等作家、诗人、学者以及师生们就青年作家的新作进行了深入讨论，积累了大量直接间接的创作经验。

王玥的诗

暮色狂奔

风踩着暮色嚎叫
你一边抓风
一边吞下带刺的它们
在雪山之颠奔跑
脚底打滑
一个趔趄
跌下悬崖
与黑夜撞了个满怀

我就劝你别试图与暮色比赛
他奔跑得起劲
不会理睬你
他戴着缀满繁星的斗笠
将眼睛冒着绿光的狐狸视为同伴
跑累了
他也不爱在黑夜中喝酒
而是喝下喀纳斯湖的凉水
聊以自娱

你最好就躲在雪山下
扶着粗壮的白桦树

在他的怀抱里
在黄昏驶向黑夜之间得到栖息

真空状态

如果可以
赋予我
被千万人剥夺氧气
再也无人用灼热的体温腐蚀我

看到了吗
隐身衣捆绑
藏匿在人潮汹涌中
凝视行人，无声地行进

空气碾压我
那铠甲的厚重
你所看到的恐怖婴儿
夹层里都是惊惧的面孔

肉体掷入湖海
窒息了耳朵
鼻孔又浮出水面，却又被空气欺骗
所有的挣扎
到如今，只求一个结果
所有血液的沸腾与我无关

施展　北京师范大学文学院中国现当代文学硕士研究生，现居北京。

施展的诗

五月

迎风绽开的蔷薇花高攀在寂寞的藤上
郁金香在泥泞中随意凋败

玻璃窗外，总有和云站在同一高度的泪水
酝酿着，如何降下雷雨一样的忧愁与无奈

似乎是，玫瑰的花期早已过去
惟有绿叶沉醉飘摇在弯弯曲曲的小径
惊雷炸响，万物肃穆
问生命能不能盖住死亡？

谁在缅怀着五月，谁已忘记了四月？
我不敢触碰你，在惠特曼出生的季节
有谁聆听大地爆发出古老悠长的谶语
不要用沉默掩盖真相，不要用生命隐瞒死亡

天海游

寻唤光明何在的沧浪里茫然一片
大海穿过风暴认出了天边的海
我行舟涉渡，徐徐向前
我把天边的海还给无垠的天
一头是此岸，一头是彼岸
我行舟涉渡，徐徐向前

风暴不会在大海中卷走浪花一片
长空似水，波涛潋滟，银河光辉万千
我行舟涉渡，徐徐向前
只身泊然沧浪间

书外

静默，和喜欢的女孩读书
好似一整个春天，与我坐在同一椅上
一道距离的算法，不足以打上一个名为自我的等号

趁着细雨还未打碎花瓣的时间
回忆起先生的话：
读书，要有环境和氛围
现在没有名山大川、圣庙古刹
看不到古人牛角，寻不见无人溪边
不如，去找一个属于自己的角落吧
——安静、寂寞和孤独地读书

难免羞愧、自责
不甘孤独，又怕寂寞
读书时，最忌心神不安
而我只能做到，不动声色
战栗如一捧风中的芍药，又何故
去向恼人的春风问责

海德格尔的话
怎么让世界上所有的月亮由盈转亏
此在，蜷缩于小小的角落里
林中路会向我敞开，但我不愿去
此刻，我又装作理解了前人的秘密札记
——有人写下：“为什么，你不想看书？”
我不去想，“为什么，我不敢看她？”

先生在年少时，会不会也知道
还有一些，被世界上所有春风吹绿的文字
正高悬挂在翡翠一般的心头

假如世界是一本大书
有没有一行字悄悄告诉人们
书外，夹着一朵以我之名的云彩

阿佑 原名周燕娇，现任教于北京市东城区体育馆路小学。诗作入选《青年诗歌年鉴（2019—2020年卷）》。

阿佑的诗

春味多美

我要一口气冲进那春里
肆意地咬上一咬
叫那春光在嘴边流淌

踏着清风
得意的我不禁在春风中
得意地跳起舞来

你从没试过
自然不知道它的滋味
我该如何去向你形容
这独特的风味
时光飞溯，斗转星移
似是好花常开，好景常在

春情

风从你的眼睫上跳过
顺走了我的心
我拉着雨滴的小手
隔着雷鸣电闪轻吻你

多兰　原名齐海艳，中国诗歌学会会员，内蒙古作家协会会员，通辽市作家协会副秘书长。曾就读鲁迅文学院35期少数民族文学班。小说、散文、诗歌见于《中华诗词》《诗选刊》《诗歌月刊》《诗潮》《海外文摘》《牡丹》《散文天地》《散文选刊》等报刊，出版诗集《多兰的海》

多兰的诗

牧羊人

一头落单的公羊。他是黧黑色的
有石头和月亮的形状

有些物质在他体内燃烧
诸如白云、烈酒，或害怕失去
但已把他失去的那个人

他不知道羊群要把他带到哪里去
天地间，只有这片被严寒酷暑改造了
无数个世纪的茫茫草海
拖着风，像拖着沉默的山冈

那些悲伤，没有声音
却悄然上升，它们化成高亢的长调
周而复始的旋律
简朴、悲怆，叩击着大地的胸膛
冲撞着逡巡的流云
以及绿或蓝，难以捕捉阴影

万物有了新内容，它们尽情地向天际奔涌
这消息是漆黑的，漆黑
而且沉默！

原载《诗歌月刊》2021 年 12 月号

变异

她感到羞愧
与猫、狗、小鸟和树木的尊严相配

她的脸失去了所有的妩媚，甚至不像
一个女人，而是一个匍匐的动物
这技艺令人心悸

她努力忘记那些铁锤和镣铐
她在打开自己，还有她笑声中
透出的纯洁锈迹……

她不时回头看我们一眼，捋一下头发
像蝴蝶一样，她的美与笑脸相称

高铁的头不再挡住西边的天空
旷野袒露在眼前，然而太阳落下
夏天，黑下的天空，以及车厢里
都是她拘谨而伟大的秘密

原载《诗歌月刊》2021 年 12 月号

我所眷恋的

我所眷恋的，是我生命里的
一部分，是神抹去的
难以启齿的柔软和瑕疵

我不能假装那一切不存在
有时，我真的感谢命运给我的馈赠
让我仔细检视我的过去
让我的灵魂培育出奇异的种子
一粒粒建立起来的庙宇，供人修行
认罪，又庇护万物

我所眷恋的，是我
堕落的姊妹，死去的亲友
是我重逢的恋人
无休无尽的俗世生活……

原载《诗歌月刊》2021 年 12 月号

刘哲　河北衡水中学语文教师，作品入选《中国诗人》《中国诗歌报》《天津诗人》《散文百家》《小小说月刊》《参花》《微型诗选刊》等刊物。

刘哲的诗

成长史

初来人世时，除了哭，我什么也不会
第一眼的世界，就与父母离散，无家可归

雨是我的老师，多少次脚尖抵在悬崖边缘
却只是试探，而雨打在身上，那痛，足以震碎生命
这勇敢，是天上到地下，那么遥远

风是我的老师，我深怜着路旁的行道树
节外枝、连理枝被锯断，一地木屑
而冷风不言，现场被破坏，一切都没发生，顷刻之间
这狠厉，鲜活的命也无法延缓

树是我的老师，人们拿起铁锯，齿牙参差
咀嚼枝杈时，他们默不作声，冷静旁观
这麻木，浓于亲情，浓于血脉

袒露了许多，随你们怎么想我
你们无非都是树，除了那个无所事事的人
没人懂我

创业史

四楼的我，眼神跨越围墙
仰视着一颗草。一颗在废弃楼顶
野蛮生长的草

前世的它，可能被飞鸟恩典
或动了凡心，卷入风的漩涡……不堪被遗忘，此时
它与日月争辉，已在天空怒放

它的一生，没被人踩踏过，完美的躯体
没有鸟类啄食的伤疤，而仅苍天在上，风雨疏狂
身体飘摇却开合根系，像爪，死抓着王座
抓进石砖身体，抓成石砖上血色的花纹
它心硬如磐，对自己狠，比风雨狂

毫无杀伤力的日子，春秋代序，晒褪了王座的漆
风化着他的身体，成了病翳，剥离着世界的生机
枭雄痛悟着自己，终究是棵草
苍天在上，终有一天，厚土也在上

月光如席，行人影子斜溢
晕染马路边沿
万物以路为对称，柳枝摇摇晃晃
你也随左随右

没有人在意吹过的风，它只是世界
犹疑的借口

任慧玲　内蒙古开鲁县人，文学刊物编辑。

任慧玲的诗

病与药

记得你微笑时残缺的半颗牙齿
牵手过马路时，手掌的温度
以及你生气时，倔强的眼神

我慢慢习惯一年只和你说一次心事
站在你的位置和你看同样的风景
小草钻出地面
麻雀开始练习飞翔

我亲吻每一粒尘土
带着你体温的尘土
憔悴的夕阳迟迟不肯离开山头
尾巴横扫大地
伏在暗处的思念，开始躁动
在没有星星的夜晚，用最温柔的动作
啃噬我内心的低语

我们从未相遇，也未曾别离
你是我的病
也是我的药

云朵的尽处，是归途

老树束手无策
眼看着自己被
越拉越长
是皱纹的模样

风越吹越稠
掀起一地时光

破碎的小塘，一尾
受伤的鱼儿，藏啊藏……
它寻路时的慌张
是最后一颗星星的尾巴

一池月光
喂养云朵
云朵的尽处，是归途

原载《散文诗》2022 第 3 期青年版

异乡人

归路是大地的绳索
牵引了异乡的游子

一列火车，一场晚风的距离
日落到日落的距离
是我找到我的距离

让他
和城市的灯火一样闪耀
逃过暴雨和鹰的围捕

把我的心事
一块一块拆下来
再一块一块拼好

原载《散文诗》2022 第 3 期青年版

许丽娜　80后，就职于内蒙古通辽市扎鲁特旗鲁北第二小学。

许丽娜的诗

关于晚熟

春风没有领会的纯然
云也不必知道

晚熟，拖沓地来也很好
小兔撞树，不是为了某人可笑的等待

让一切依附自然
你看，风诠释的自由多么好

人间

先辈们的戎马一生
曾被后人效仿得一塌糊涂
还好，我入戏不深

还好人间丰富
总能给予万物真实的质感
小小的尘埃也不被忽略
它们沉浸在一片阳光里
或歌或舞

我和万物都有一双期待的双眸
就像冬日翘首暖阳
花朵不开，停滞在相思里
待与春天相遇

前方，是一个神秘的吸引
人们终会找到铿锵的步履

景绍德 笔名土匪小白，80后，内蒙古作家协会会员，鲁迅文学院第35期学员。作品散见《草原》《诗刊》《星星诗刊》《诗选刊》《诗歌月刊》《诗潮》《延河》《绿风诗刊》等刊。诗歌获《草原》文学奖、第三届金融文学奖诗歌提名奖等奖项，偶有诗入选年选。

景绍德的诗

月亮小镇

月亮在月亮湖里洗澡，月亮湖是害羞的
野芍药开在了夜晚，星星是害羞的
小松鼠丢了松果，松树是害羞的
人们都已安睡，小镇是害羞的
我站在山中
站在山中，我也是害羞的

原载《延河》下半月刊2021年11期

月亮是今晚草原上最亮的灯盏

夜里被光照耀的人有福了
天地辽阔，星光灿烂
虫鸣仿佛上苍的耳语
为夜色里的陈巴尔虎人民祈福

我，席地而坐，扬着头
如同一棵丢了思想的草
沐浴在这盏天灯下
我与万物一起匍匐在草原上

原载《延河》下半月刊2021年11期

票事纪实

粮票，布票，肉票，火柴票……
一直存放在箱柜里
母亲将那些作废的票证小心翼翼包裹
生怕那些在旧时光里畅通无阻的生活钥匙
不翼而飞——
而我对那些票证最深的认知
是可以换冰棍
让燥热的夏季多出一些清凉
而那些票证对于母亲那代人
是贫瘠生活的铁证
时至今日，那些所剩不多的票证母亲还存着
像存着一沓过期的时光

原载《诗刊》2021 年 2 期

刘嘉敏　毕业于内蒙古民族大学国际经济与贸易专业。现居内蒙古鄂尔多斯市东胜区，爱好文学与写作，2020年开始习诗，作品发表于《草原》。

刘嘉敏的诗

长大

暗夜里的光
是妈妈在抖音重复讲述着珠宝
即使，她没有珠宝一样漂亮的言语

那些光，支撑着我们全家
唯独她，显得暗淡

我想告诉眼前这个人
你就是自己的光
为自己活一次吧
不必等我长大

百日虫

百日虫入我家时
窗外，大雪纷纷

它盯着某一处
仿佛，在沉思什么

太阳初升，人们开始忙碌
它也跟着歌唱

它离开时
第一场雨，还没有来

初夏的一个夜晚
路边虫鸣，猛然想起百日虫的歌声
眼前又出现
它无数次摆动触角的样子

午后

阳光浸透茶杯
气泡不时冒出来，像神秘之事
突然来临
茶叶浸泡过的水
犹如时间浸泡过的凛冬
透着深沉

翻开诗刊，我被困在一首诗里
耳边市声喧嚣，如沉渣浮起

钱秋菊　80后，内蒙古通辽市作协会员。自大学时开始写作，作品陆续发表于《草原》《四川文学》《鄂尔多斯》《辽河》《演讲与口才》《新一代》《五月风》等报刊杂志。并有大量作品入选各类年度选本。

钱秋菊的诗

云墙

火烧云在天边默默燃烧
我们在云霞的光芒里散步
洒在身上
漫射出一股儿时的幸福

背对着的是一堵云墙
思域可以辽阔
可以将心中的羊或者兔子
甚至是龙哥虎弟都放牧上去
它们来自于草原
又奔腾向云海
一堵墙，由云朵组成
一片羊群，也由云朵组成
它们是什么时候混在一起的
我分不清了

尘世间的每一处花草都冠有名字

平日里熟悉的乡邻，没有名字
她们是某人的媳妇，某人的妈妈，某人的姐妹
那些沉寂多年的名字

从户口本里面苏醒过来
每登记一个
她的脸上有光，眼睛有神
甚至会浮现羞怯
那些名字是她在尘世里的标识
迥别于
那些繁忙的世事
世事背后的约定和束缚

在世间如何来呼唤这些美丽的女子？
以花草、星辰、部落、珠宝、吉祥语、出生月份来叫吧
以浪漫，飒爽，奔放的语调来呼唤
“荷花”“萨日娜”“腊月”“金花”……
每唤一声就会有人不停应声
我的一位搞民族研究的朋友告诉我
见面不问姓，是对她们的尊重
见面问了姓名，那些或长或短的名字
也和我们固有的想法不一样

一个名字，一个习俗，一种习惯
鲜明地把民族标的
一场姻缘，一段故事，一幕沉淀
又把情感牢固地联通
我的通讯录里，多了同名同字却不同意义的姐妹
我们必定会在未来的日子里紧密地联系
连同我们彼此的家族
一起扎根，拔节，生长成
可以触及的传奇

于学涛的诗

于学涛　90后。诗歌作品散见《鹿鸣》《草原》《安徽文学》《黄河》《牡丹》《诗潮》《散文诗》等，曾获内蒙古农牧民诗歌大赛三等奖，有诗歌入选《内蒙古诗歌七十年选》。

谷　子

我总是羞愧于想起你
羞愧于屋檐下那把闲置的镰刀
一离乡，我就背叛了农事
背叛了我肩上扛着的
蜕皮成米的粮食

春天，我应该回到土地里
生根发芽认土为父
然后，结下庄稼

春天不经历劳苦
父亲就会不安
一种寝食难安的不安
我不会失业
父亲也不必担忧他后继无人
我永久的身份，是农民

在秋天磟碡是神明
以一块滚石的姿势
拯救了一株又一株
被割倒的五谷

每年除夕深夜，父亲都会带着我
给礤碡上礼
祈求五谷丰登
我们给礤碡磕头

举起锄头方感年龄的衰颓
就如这蓬松的土壤
难以再种植出蓝色的骨骼
土地是天然的坟茔
逝去的人会埋在这里
活着的人会在这里继续耕耘
直至化成另一颗种子
继续开花坐果

原载《绿洲》2021 第四期

第三辑
华东地区青年诗人

郭云玉的诗

郭云玉　济南大学在读博士，现居山东济南。入选第十三届星星大学生诗歌夏令营。作品发表在《诗刊》《星星》《诗歌月刊》《中国校园文学》《山西文学》《星火》等多个刊物。获中国十大校园诗人、第二届“杜甫杯”华语诗歌大赛特别奖、第三届国际诗酒文化大会校园组银奖、2018东荡子诗歌奖、野草文学奖、第二届广东省原创文学大赛二等奖、第二届方太杯乡贤文化大赛三等奖等。

生活的意义

足够了。我在异乡有了住处
和隐身术，天空这么高远
老实的哥哥，已于前年正月里娶亲生子
生活赋予了他新的意义
两年以后，我们都学会了安分与沉稳
直至体内，慢慢长出了桃花

风吹过我，摇动岁月的纺车
平静来得那么明显
讲述我们所认知的，关于核桃树的秘密
那是母亲特意种下的
对我们来说，小小的院落里
这样极为简单而幸福的一件事
足以构成后半生的风景

围城

它们朝我飞来，采集了时间里最好的
空气和水中倒影，在绿叶蒙蔽的双眼里
还有啁啾鸟鸣。静止的我们
更像沉默的古佛，带着满身的石头与泥土
丢失情怀之后，像极了
年久失修的寺庙，人们再也想不起
它的名字

那时，我们视二十岁的爱情为围城
许多人都反对，顶替父母的婚姻
终其一生。我知道，敞开心扉的最好时刻
在她唇齿开合，系人间所喜之事
倾吐而出的某个音符，由闪亮的星光构成
勤快地打扫出租屋，等待爱人
从南方回到北方

北方很远，有白雪的白
我们许下心愿，远方的朋友就该回家了
但一定有一条，是通向元月深处
一直通向 90 年代，母亲披着红盖头
端坐于床沿

尘世

薄雪覆盖村庄。想起在坠落的皖南
万家灯火，卸下饱满
它们都储藏了一年以来的隐忍和情绪
大地上，只剩下干净的你我
闲下来的时候，我抬头就会望向很远的地方
恍惚杜绝了，尘世一切可怕的念头

虚构的现实中，你的沉默
化为一小块积雪，我认定那些飘落或者
凋零的花朵，都有出处
眼睛里，蓄满了透明的湖水
我们提起各自的孤独时，人间
已是冬天。有些远方打工的亲友
不日就要归来

白妍　女，广西南宁人，现就读于华东政法大学侦查学专业（经济犯罪侦查方向）本科2018级。

白妍的诗

玉兰新生奏

在别人眼里，她是一朵
新生、绽放的白玉兰
无暇，皎洁
天上的星星也为之坠落
身上尤为典雅的清香
又似嗅出淡淡的倔强

但她想要终了
珍贵、令人艳羡的一生
她祈求风
却一直无法拥抱，转瞬即逝

她轻触地面
吻痕，是她对这个世界最后的
告别，温柔地轻抚
奏曲！舞伴！狂欢！
他们已经开启新的旅途……

鲍伟亮的诗

鲍伟亮 任职于临沂市高级财经学校，暂居山东临沂。山东省作家协会会员。作品散见《诗歌月刊》《星星》《延河》《鹿鸣》《山东文学》《山西文学》《中国校园文学》等刊物，曾入选《中国诗歌选粹》《天天诗历》《中国诗歌精品选集》《中国青年诗人作品选》等选本，获徐志摩微诗奖、樱花诗歌奖、青年诗词奖等。曾参加第十届《中国诗歌》“新发现”诗歌营。入选临沂市优秀青年文艺人才培养“薪火”计划。

初晴

如同剥开的山竹，透亮的弧度
临近春节，空气也是灯笼的形状
圆，是轮回，是静寂的酝酿
粘稠的硫磺气息。环环相扣时
远方的车笛，喊出新岁的爆竹声

昨日迎来初雪，有农夫捡拾枯枝
年年岁岁，若意外扣门，便拮据三分
再扫除院中积雪，做饭，挂起炊烟
干净的世界怎能少得了烟火

顶楼的发动机啮合着扇片，距离
产生美，便有了类似蝉翅的轻盈
想必那是一个问候：曾有大水漫过石桥
捉鱼的孩童奔去远方的城池。旧事物
习惯呼唤着，不论得失都深爱着
被呼唤的影子。那里，偶尔闪过一处村落

原载《河边柳》2021 年第 2 期

陈可嘉的诗

陈可嘉 浙江省作家协会会员。2000年开始习诗，作品曾在国内《诗刊》《绿风》《诗歌月刊》《福建文学》《山东文学》等刊物发表。有诗作入选《2020年度中国儿童诗精选》，公开出版诗集有《元月的竖琴》。现居浙江青田县。

秋歌

下一个轮回
依旧注定忧伤
西风，这把锋利的刀
如此轻易地将一世血脉
割离 你浑身失血的蝴蝶
跳着美人最后的舞蹈

只为霸王的悲歌
踏着舞点
把死亡演绎得
凄美而又有尊严
最后的节拍
却无法回避

甘丽琴 江西永新人，自幼喜爱文学，现就读于江西省南昌医学院医药学专业，星火永新驿驿友，《星火》杂志社第二届写作训练营学员。

甘丽琴的诗

球的心声

在一端已封死的道路尽头打球
又像是被球击打
我享受在空中雀跃的时刻
也享受满是期待的眼眸
你想让我落入你的球网
可微风凭借力，偏就差那么一毫
你奋力地冲向我，我猝不及防
正落入你的怀抱

几经周折，我们最终达成一致
你用满身汗水和几日的酸痛与我交易
透过绿荫，穿过高楼的余晖
以及高空导航引飞的大鸟
都是这场交易的见证

路旁的野菊探了探头
期待下一次决斗

高聪　江西鄱阳人，在《星火》《中国汉诗》《黄河三峡文艺》《大湾》《大风》等刊物发表作品，诗歌入选《江西诗歌年选》。

高聪的诗

坠落

坠落，这个向下的过程
没有终点，不可逆转
不会在任何时刻停止，哪怕是
羽毛

迷人的秋天
万物都在成熟
浓烈而清晰，饱含夏日
阳光压入果实，酝酿甜蜜
和坠落趋势
像叶子。秋天的枝头，愈加沉重

云落下，雨
淋湿秋天，芬芳馥郁
缠绕于五脏六腑，像欲望
像悲哀，深渊
深不见底

管瞳　江苏省睢宁县人，现为江西上饶师范学院书法系19级学生。爱好文学，曾在《扬子江诗刊》《青春》等杂志发表少量诗歌，有诗歌入选不同诗歌选本。

管瞳的诗

默读

于是我故意走得慢一些
把白天来不及握紧的
枝丫
留到晚上
分不清根茎
露水向下延伸
陷在别人的梦里，和我
凸凹不平的
心脏里

落日独白

你试着路过我的影子
安安静静
抹掉蚊子的血
你把我的眼泪叫做悸动泡沫
如果我哭了
你就会说
这是泡沫们历史性的一刻
午后的梦里没有丛林，只有你
站在路口的石阶上

骄傲地认为
我一定是写了太多的故事
以及，你适合
出现在这些伏笔里

江霞　女，笔名幽泽，江西省作家协会会员，《教师博览》签约作者，作品散见于《中国故事》《散文百家》《散文选刊》、中国诗歌网、中国作家网、学习强国等报刊及网络平台。

江霞的诗

褶皱

日子的波折一浪接一浪
年纪渐渐老去
无法缓解的病痛
选择的困境
关于自己或身边亲朋

人生是个宏大的词
实在庄重严肃
我想，像伸个懒腰那样
抚平，这些深深浅浅的褶皱
不能，不能挣扎着

记录成大树的年轮
有些刻在额头上
有些埋藏在心底
一滴松脂艰难地沁出
恰好包裹住活跃跃的生命

我们都在等待
等待风雨冲刷过千万次

讷于言

一年有四季的变迁
明媚的、热烈的喧哗
这些美丽和我通通不挨边
我只是一株沉默的树
驻立在道路两旁

我不会欢歌舞蹈
也不愿谄媚地摇曳
风即便吹光了叶子
还有一身黑瘦挺直的躯干
仰望着天空。坦荡荡

歌唱

扯破喉咙歌唱，嘶哑
是热爱也是使命
不知不觉已俏立在前头

一个石子瞥了过来
滚动，摇晃几下
昔年又是一春

所有震颤的汗珠
适合掩藏在树影桃红中
无碍。灵魂早已飞跃在空中

水之光 原名余娟娟，浙江温州洞头人，小学语文老师，诗歌爱好者，温州市作协会员，有作品在《浙江诗人》、《泉州文学》等刊物发表，出版诗集《镜中对话》。

水之光的诗

登陆

海葵的身上，也有一片陆地
因着某种盲目的执着而奔赴巨浪
在浪尖荡涤，与某些时刻的自己厮杀
独居，让触手长成布满倒刺的武器
风中摇曳的花瓣，在暗自发射毒素
总有被迷惑的，比如那些游鱼
它们一次次脱离虎口，却仍相信
选择登陆，可以呼吸更新鲜的空气
像曾经，对深海一无所知的我们
抵挡不住潜水的诱惑，以为
更深处的水可以洗濯出另一个自己

五色章鱼

来自深海，它悠长的触手可以伸向过去
一次偶然的机会
大海将漩涡开成了半朵桃花
它浮出水面，成了父亲捕捞生涯里
仅有的一枚勋章

那一晚，它鲜艳的外皮
在灯光下，挑战着每一双筷子的胆量
以至于，我现在常常会在夜里惊醒
回想它怎样爬起来，钻回桃花漩涡
将我苦涩的胆汁带回深海

小小的春天

阳台上，一棵百合正在等待
等待绽透，是每颗种子的理想
只有浸泡过无数场夜雨
春天才能成为她的气息
她抬起头，世界才刚刚认识她
关于种子的故事，她还未
来得及还原，蜗牛爬来了
拿走了她唯一的，小小的春天

王建和 福建泉州职业技术大学大学学生。

王建和的诗

无题

风穿过了原野
越过了山丘
来到了人世间
只为与你相拥
那一瞬间
雨飘在了天空
隐去了行踪
来到了你跟前
只为让你看见
那些从前

王琪 笔名解溪，工科研究生，现居住于江苏省南京市，担任中电环保股份有限公司研发工程师。曾参加黄梵老师举办的创意写作课，为第四期学员。现为十八号文学社成员。

王琪的诗

打锡锅

总是一对夫妻，推一架两轮农车
草绳捆着的石具如瓷碗倒扣

打锡锅喽，一声声吆喝让小区醒来
有需要的拿着锡罐，等打锡人称量

架起炭火、风箱和坩埚
锡罐再度解体，它在主人的目光中坍塌——
衰老的阴影沉沉
被填满的疲倦，在火焰的舔犊中
卸成熔渣，打锡人轻轻刮开
露出它水银一样的明亮
牙齿洁净，看不出咬住的往痛

总是秋天，微凉的下午
打锡人黝黑的脸看完锡的等候
用火钳小心夹住坩埚，解开草绳
倒入坟墓头般的模具里
让它在黑暗的土地里
重新聚和，冥想，成形——
它前世是一块石头，在更多的矿中

金属的字典将它摘出，被字帖誊写
使用，它伴生的朋友——砒霜——散落在荒野
被雨水带进土地的窖藏

到时间了，打锡人用平勺探测它寤寐的
黑嗓门，揭开空气的面罩
磨砂，打光——
它的牙齿抛光得那般好，美得
矫正着人们的视力
再一次进入生活，这一次
更接近火和油，这一次
更接近死亡扳机的虎口

王一萍　江苏省作协会员。诗作散见于《诗刊》《扬子江》《星星》《诗歌月刊》等。出版诗集《风怕晚》（长江文艺出版社，2021 年 10 月）。

王一萍的诗

我盯着一只鸟的眸子

它静默于树枝上
并没有发现背阴处的我
专注于风声的人
用一双黑色的眼睛在枝条上游荡
当一个人在夜晚想念你面部的某种深色
墙壁的暗影生出翅膀
屋顶的眼眶说着话
说着说着，眼睛就湿了
那天，鸟被一根绳索绊住了脚趾
松针的锐角愈发尖锐
我只能借助晚风的晃动
筑成梦想的巢穴
而那双黑色的眸子
隐藏于树枝深处。它变得沉默
它化身为树林晦暗交叠的那部分

原载《诗歌月刊》2021 年 1 月

被高铁丢弃的人

一支烟的工夫
邻座下来的陌生人被高铁丢弃
秘密被疾驰的车厢运走
他急于抓住穿制服的人求救
在站台上和茫然失措的风撞个满怀
我也曾折翼于地面
且无法踏上合适的班次追赶过去的悔恨
很多时候我不如一只海鸟
你看它掠过海面，河水，树林
它在我的头顶上空，鸣唱
在空中翱翔
从来不在陆地上安放自己的心脏

吴聪仁的诗

吴聪仁 安徽省诗词协会会员，合肥市作家协会会员，就职于清华大学合肥公共安全研究院，爱好格律诗，新诗，词、联创作，作品散见于中国诗歌网、靖远鹿鸣诗社、诗歌中国、《安徽诗坛》《安徽诗歌》《青年诗人》等平台和微刊。

沙漏

深夜里的寂静
弥足珍贵
时光轻轻地
拾起白日的喧嚣
丢进沉沦的沙海
一粒一粒
嘀嗒在追梦人的耳旁
它好像忘了
昨天已经叮嘱过我
要把梦揣进胸膛
化作明天毅行的力量

小风　原名刘小锋。有作品发表于《诗刊》《星星》《江南诗》等，参加第十四届星星大学生诗歌夏令营，获野草文学奖等。现就读于江西中医药大学科技学院，即将毕业，现居江西南昌。

小风的诗

雨夜芭蕉兼致友人

晴天我们去拜访母校，擦拭心里的
旧桌子、旧板凳、旧墙外芭蕉
它们因我俩相逢而暂时明亮一些
我们的生活，从这些记忆中繁衍，一点点
丰饶起来，包裹着彼此熟悉的部分
在偶尔悲伤的日子，带来真实和慰藉
大多时候，我们不好不坏地活着
谈论一些轻松的事情，这看起来还算幸福
油菜花已经开了，我们最后一次看江水
和理想东去，丧失了谈论的勇气
像两只沉默的门栓，将雨和泥泞拒之门外
有一次我们穿过光阴的树丛
在檐铃声中度过下午
时间静静流逝的钝感令人安心，我看见
我们中间长出了新的柔软的枝叶
而现在，窗外雨水滂沱
适宜怀想的事物又多了一些
尘世间的幸福正藏匿于此，雨打芭蕉
我们内心陈旧的部分，在敲击中
被重新赋予了光泽并逐渐清晰如昨

热带记忆

这条巷子没有尽头，我们
往前走着，走着……在彼此的手心里打转
夏天开始一步步占领
我们的生活。你说你想吃冰淇淋
缘于想象中一个热带的夜晚
热的风，热的呼吸，热的你
放置在我耳廓里，潮湿的齿痕
使我下陷的力。在澄江路
我们交换各自的邮筒，我们的爱
缺乏佶屈的修辞，一个
小县城的春天，就将我们完整包围
那些整齐的屋顶上
飞机从容滑过
我们平静的痛苦会从中掉落吗
在厨房，在卧室，在电线交织的巷道
疲倦地与之一一照面
而这条巷子没有尽头，高大的树冠
笼罩在我们头顶
在雨后窗明几净之间

原载于《江南诗》2022 年 4 月

谢健健 浙江省作家协会会员。作品见于《诗刊》《十月》《青年文学》《扬子江》《星星》《诗歌月刊》等。曾获野草文学奖、徐志摩微诗奖等。参加第二届长三角青年诗会。入选浙江省“新荷计划”人才库。有诗作入选各选本。著有诗集《梅雨潮信》。

谢健健的诗

忐忑

一个短暂的假期，我去参加
外祖母的葬礼。在一间黝黑的堂屋里
我看到我的母亲在哭泣
那时我心跳加快，为了前一段日子
没有见到死者最后一面
十年前，我的忐忑随着
葬礼上那段肃穆的哀乐开始了
我一直忐忑着，死者的遗憾
抑或生者的怨言
为了一个孩子的无心
并在游戏中，试图以通关
挽回亲人生命的举动
今天我已不被允许靠近旧屋
那个死去了外祖父母的地方
它被视为一种，死亡的代名词
十年来，我一直在屋外游荡
以此保留，忐忑的形式之一
那种对死亡的恐惧
一靠近门边，就令人颤栗

原载《星星》2021 年第 3 期

舜耕山望月

吃完晚饭，我们返回山下的住处
适逢新月升起淡红的晕轮
山中望月，大学时最朴素的生活之一
那时沿着府山走到顶，就能摸到那
明亮的炫目之物。总是没有云朵
也总是没雨的好天气。如今
在山中找了月亮一夜，只剩
烂尾摩天轮，弃置湖心如一圈谜语
在追逐月亮的途中，我也曾被月光照亮
但我们已还是失去头顶上共同的来源
没有月光的夜里，谁还会为谁惋惜？
仙女湖壁，只剩几声入秋的蛙鸣……

原载《扬子江诗刊》2021 年第 2 期

徘徊时刻

疲惫的工作后，他想起不久后的假期
翻看天气，看哪座城市将会下雪
他徘徊不定，因时间的短暂与固定
将自己定格为小兽，试图获得
自由，那自然而然被联想到的事物
是时候畅想远方的星群、柏叶林、
北疆凋敝的色彩。那些因失去抵达
的可能，反而熠熠生辉之物
就像一种另外的生活，内心丰盈
但物质贫乏，那叫做远方忠诚的儿子
它们为他提供不竭的流泉，一阵精神
的振奋，暂时驱散恐惧和自身的虚无
这让他想到史铁生，
“繁重的考试后，会有长长的假期”
这让他，与目前的生活达成了
短暂而空洞的妥协

原载《文学港》2021 年第 4 期

熊博文 江西南昌人，江西警察学院学生，文学爱好者，作品散见于中国新闻网，“人民中国”公众号，《楹联博览》《江西警院报》《汝颖青年作家》《湘北汉俳》《临川之笔》等。

熊博文的诗

人生

我远眺远方
一颗初星升起
熠熠生辉，光耀四方
看不见神明，听不到圣歌
向着黑暗寂静的远方前进
哪怕前路茫茫
哪怕时刻有流星陨落
哪怕身边无伴
那颗星星从来未曾停留
它明白
远方才是它的归宿
它要去照亮属于它的一方

严来斌　江西南康人，赣州市作协会员。作品见《延河》《星星》《诗选刊》《绿风》《青年作家》《散文诗》等刊物，曾参加《中国校园文学》首届全国大学生诗会等，获第五届国际诗酒大会校园组铜奖等奖项。

严来斌的诗

屋顶上的月亮

这心生倦意的意象和故乡在唐诗里重逢
天上的月亮，没有美酒便不会轻易下凡
闲聚在屋顶，搬个椅子能看一夜的皎洁
在薄如纱的月色中，我们饮酒不留遗憾
月亮像一只酒杯，李白端起浇人生愁绪
与晚风对饮，父亲在河流对岸灯火阑珊
千里之外的身躯是常年奔走江湖的骏马
沙漠不时掩住了眸子，酒是一小片绿洲
我两手空然，已没有多余银两借宿客栈
佩戴的宝刀赠给了山野四处逃窜的野兽
行走江湖，衣袖里绣上了寒梅苦竹高松
秋风起兮。我们醉倒在梦乡，无人问津

原载《青年作家》2021年10期

杨云天的诗

杨云天 华东政法大学刑法学（硕士研究生）专业2021级学生。诗歌作品公开发表于《扬子江诗刊》《诗歌月刊》《上海诗人》《华文文学》《星星诗刊》《散文诗》《飞天》《青春》《西湖》《鹿鸣》等刊物，曾参加《星星》诗刊主办的“2021年第十四届星星大学生诗歌夏令营”、《诗歌月刊》主办的“2020年第二届长三角新青年诗会暨青年诗人改稿会”等诗歌活动。作品入选《2019中国年度优秀散文诗》《21世纪贵州90后诗选》《星星》等诗歌选本，公开出版有个人文学作品集《骑着单车穿过春天》（团结出版社）。

藕花在晚上开放

银子，会老而黑掉
人为什么不会
有氧呼吸的生物
静脉里流着即将的黑

那些黑斑是银河的星星
我们归属于不同族群

分开而眠
却因黑暗交接在一起
星辰的点点微光才能泄露这秘密

黑暗养得出最白的藕花
有些干净的人
也在黑暗里酝酿着银子的秘密

原载《扬子江诗刊》2021年第2期

叶青松　吉首大学2022级中国现当代文学硕士生，江苏淮安人。淮安市作家协会会员，江苏文学院第7期青年作家读书班（新人班）学员。大一下学期开始着手创办校刊，为同学们提供展示自己的平台，创办后担任第一任主席、主编，发表作品获奖数项。

叶青松的诗

黄金时代

汽车在山间疾驰
路旁的任何奔流
繁忙之余，影子也匆匆闪动
我们，以及一个黄金时代

你忘记见证，每轮日出和日落
但总在黄昏时遇见，他和她以及，轮椅
在不曾见过星空的时候
他推着轮椅，已经缓缓走过金色的深秋

车轮滚动，轮椅上的她重于泰山
白发和容颜，光阴的故事
生于群山也承于群山的静默
邮差先生的信，正从二十世纪闲散送达

汽车仍在环山公路上疾驰
不必烦扰，黄金不可或缺
只是他们走过，夜色也失眠了
凝视星空的文字，星星在群山之间

张建军　安徽省作家协会会员，安徽省孟子思想研究会常务理事。有诗歌、散文作品入选多部年度选本，并有部分作品获奖。安徽省文学院第七、八届研修班学员。

张建军的诗

新疆行吟（组诗节选）

（一）

白皑皑的雪在天山的云海里涌动，村落上是
一望无垠的沙漠，葡萄园，羊群
骆驼队成为沙漠之舟，它们是一群有信念的使者
心中填满了日月星辰的光芒

石榴，胡椒，经卷，青铜，竹牍上
有铜铃的梵音，风雪里踽踽独行
翻过沟谷和崇山峻岭
一块馕，一块馕，我们茹冰饮雪
每一次出发，都有每一次抵达的目标

烟火销骨，螺号是最咸的盐粒

（二）

牦牛咀嚼雪粒。麦穗初齐
山上的雪莲在岩石里吐蕊
羊群穿越了风雪
一朵会飞的云

迎着光，西域的驿路上
有最古老的秘密
比寒冬还要更坚硬
是山冈上跳跃的麋鹿

雪白的云朵在天山上缠绵
群峰默默
霞光照出花香，一阵又一阵
穿透我们的胸膛
穿过雪洗过的白云

白亮亮的雪花砸进云豹的脚印
也是它，张牙舞爪
喂饱了山里的月光

（三）

丝路藏锋。驿道渺远
囊中的瑰宝，有春。有秋
冬雪煮饥，青梅烹酒
古驿道上马匹嘶鸣

生根的麦子，拔节的高粱
游荡的羊群
它们在尘埃里交换温暖

白云是液体的火焰
一遍一遍舔干了青稞的肉身

张勇敢 本名张浩，供职于厦门大学，现居厦门。曾获东荡子诗歌奖·高校奖、全国大学生樱花诗赛特等奖，著有诗集《森木》。

张勇敢的诗

河流的一生

河流的一生
是作为消逝而存在的
每一朵浪花
都是它奔赴的意义

想起多年前，登上游轮
鸣笛声拉响，众人停止喧哗
看江水暗藏剑气，冷地劈开
一场旷古的对弈

还有什么力量可以
与之抗衡？
还有什么美
能胜过这种美？

不可否认，一个人
与河流相处久了
在他生命里，也拥有了
劈开时间的利器

原载《西湖》2021年第6期

张志忠 男，汉族，笔名故人入梦，福建泉州惠安人，系福建省作家协会会员。有作品发表于《十月》《诗潮》《中国诗人》《中华文学》《福建文学》《泉州文学》等刊物，入选《2019·中国年度诗歌精选》《华语诗歌双年展》《福建优秀文学70年精选·诗歌卷》等。曾获2018年度泉州文学奖。在晋江市陈埭镇康美墨工艺品店工作，现生活居住于福建泉州。

张志忠的诗

祝爸爸妈妈儿童节快乐

纸上有两个词，挨得太近
这个词嫌弃那个词身上，散发出来的油墨味
这个词读作娘，我写不好
那个词读作爹，我也写不好
两个词的对话，就像两个孩子玩闹一样
我祝那个词与这个词，儿童节快乐

学游泳的你

游泳池还在，水也清澈满位，但学游泳的你没来
我听见，游泳圈皮肤干燥，想要下去游泳池里面
游泳镜碎裂，摔了一跤的碗，你的耳朵不再端着
微风口吃，缓慢说出一片寂静，美人鱼昵称名存实亡
这里没有渔网，不是大型的野生水域，就是说
阳光不算的话，不存在大型的水生植物，来议论你有没有鱼的鳞片

想吃芒果刨冰火锅

请取下我这颗心
借你读一读
我想吃的芒果刨冰火锅
在泉州市丰泽区六灌路
店名：哇嘎尼冈
店长是女生，店员也是女生
芒果刨冰火锅仙气飘飘
店门，柜台，地板有隐藏的
仙境。记得不要读我八月份的失眠记
记得，不要把这颗心归还给我
我怕，你到时候忘记带我去品尝

左军　就职于浙江省遂昌县人民法院。业余作者，作品入选中国诗歌学会《我爱这土地 2019 年河南文学作品选》等选本，偶有获奖。

左军的诗

疼痛

不是所有的疼痛，都会被记住
没有无缘无故的疼痛

第一次，疼痛把我们带来
疼的是母亲

后来，大大小小的疼痛
来和我们相认

谁也没办法把伤口里的疼痛
抽出来，拿给别人看

有的疼痛，时间能够治愈
有的疼痛，一疼起来就再也好不了

自己身上的，最终
还是自己带走

江锦灵 江西余干人，供职于江西省文联，作品发表于《散文选刊》《散文海外版》《星火》《星星·散文诗》《散文诗》《散文诗世界》《人民日报海外版》《中国校园文学》《延河》《回族文学》等百余种报刊。获第七届井冈山文学奖。

江锦灵的诗

夜空的纰漏妙不可言

终于可以谈一谈花事和爱情
嘘——

当春阳从西边被押至天牢
只需用松软的云板封门

一颗一颗地，楔入星星的螺丝钉
以花瓣的色泽为螺帽
锥心的情话
记得拧紧。只是忘了

所幸忘了
关一扇月亮的窗

头痛记

死神又一次拎起我的头颅
掂量了整个下午
才重重放下
似乎在说——

这家伙异常的顽固
仍未向生活招供
夕阳泼醒他
明日此时
再施刑

紧攥头发的手缓缓打开
明日痛来明日愁
今日暂且享用
天地松弛后的夜宴

董良宇的诗

董良宇　山东淄博人，现就读于聊城大学文学院，本科学历。中国校园文学研究协会会员，河南省青少年作家协会会员，西安市传统文化研究协会青年分会会员，《长河诗刊》签约作家，阅文集团签约作家，中国诗歌网蓝V认证诗人，微光诗社会员，聊城大学教务处编辑部副主任编辑。与他人合著文集《予梦兰舟》。曾荣获“新奥赛”第十六届全国大学生征文大赛二等奖，第五届广州诗词大会优秀原创奖，聊城大学九歌文学社“倾心环保，万物争荣”原创诗文三等奖，西安市千万读书工程征文大赛第56赛区一等奖，聊城大学“三礼文明”主题文艺作品征集活动二等奖。有作品被吉林省长春市朝阳区图书馆收藏。

西柏坡抒怀

从太行山麓余脉涌流柏坡河畔
红的色彩泼墨挥毫山水楼阁
每一个房间，每一个旧物
他们注释一个警示
是坚定，是呐喊

黑黑的木门，土黄色的泥巴墙
平平的房顶，小小的院落
纸糊的小木格窗子
还有破旧的藤椅，补洞的睡衣

万里长征，还在走
去吧，去赶考的路上
群山无言，翠柏无语，湖水无声

原载2022年4月13日《石家庄日报》

雷梦琪　笔名，梧己，毕业于安徽师范大学文学院汉语国际教育专业。现居南京江宁区，在南京工业学校从事英语教学。爱好现代诗歌和小说创作，作品发表于中国诗歌网特辑，“新湖畔诗选”公众号和“南京十八号文学社”公众号等，诗歌作品收录于2021年出版的《山水和州》一书。

梧己的诗

青山

青山，亘古不变
用长河的襟带，环抱失意的人
拾起月亮，这一枚蜡印
封存，我寄给它的陈年书信

欲望的河滩
我是干枯的碎石，奢求群山
用流水把心事倒空
山潜入梦境
运送青色唇语，轻轻覆住我
眼睫之畔的夜色

当临别的风，画下时间的泪线
青山，是趺坐的觉者
沉香般，屏息注视

它映照出，我的泪——
一座环形的
浑浊都市

萧播　原名刘佳，江苏省泰州市作协会员，工程硕士学历。作品散见于《散文诗》《散文诗世界》《诗潮》《草堂》《延河诗歌专号》《天津诗人》《大湾》《流派》《中华文学》等刊，入选多个散文诗选本。

萧播的诗

白蒺藜与蒲公英

草木无心，但却有情。

白蒺藜在《诗经》中又名茨，在《圣惠方》中又名杜蒺藜。

如同白蒺藜和蒲公英的药方，可治疗陈年臃肿的暗疮，且药到病除。

生活有时像天与地的本末倒置，天旋地转，落红化作雪泥。凋零的叶不只在夏末和初秋出现，寒冬的松针和青柏在时间长河画上了休止符。

傍晚的风轻盈得像折翼的翅膀，在耳边呢喃絮语，我在风中与蒲公英花丛相识相遇。

我的影子在白蒺藜下变得细碎，辨识是有深度的哲理。寡言有时是铿锵有力的，就像风中的流沙，细密又猝不及防。

风吹拂着我的誓言，我听懂了来自蒲公英的祈祷，细节在风中波澜起伏。

落英在傍晚的天空被彻底惊醒，她照亮了深夜的黑。影子随着方位拉长又缩短，他活在沉默的眼睛中，独自彷徨。

拈一株枯萎的蒲公英，童年像花朵一般消失又重回。我不只是活在臆想之中，第二年白蒺藜和蒲公英的花丛又会在原始的田野上绽放希望。

我只是尘世中的过客，像母亲的一双温柔手，点亮了童年美好的梦。
梦会消逝，梦又重现，如梦似幻。

原载《散文诗世界》2021 年第 5 期

南十字星

在半明半昧的夜空中，孤悬高天。在极南之地方才清晰可辨，如钻石般耀眼争光。
恒星多如恒河沙数，流星璨如翠海浪蝶。
人类对星空的认知不过一知半解，而南十字星就是穹窿中的一枚指南针。
当郑和的帆船行驶在汪洋大海，浪花在海平面翻涌，有南十字星的指引，
海域与天际避免了一场万年浩劫。
遨游苍穹，信马由缰，如同在海中，只身孤影小窗灯。飘荡的回忆，是永恒的不朽。
正如，半身置于江湖，风云和雨雪，不相逢的是你我的隔世相望。
坠落的星辰如深入人间的天使。
是心动亦是情醉。
面临人生的十字路口，等你转世而来的一片怀抱。山长和水阔再无需避讳的相知相守，南十字星即是相爱奇迹的见证。
当夜幕撒下星星点点，醉卧红尘滚滚，在人生的转角客栈，痛饮一干二净的黎明。
狂歌只羡纸鸢。

原载《诗潮》2021 年第 11 期

四月天的冷暖人间

当背对绝望的阴冷面，就会面向希望的温馨瞬间。就如同四月天的人间，
冷暖自知，咸淡相宜。
在《本草纲目》中拾遗，用草药和枝干熬制的姜汤驱走内中的寒凉。
天空飘荡流云，金灿灿的阳光穿云裂石，其韵悠扬，人人魂梦。
谁复知。
天大地大，除却人类自身，万物复苏在这暖风的季节。
形与影不相背离，初衷不改，初心和使命一并在人间相送，诗情画意。

四月天是爱，是暖，更是雨落花发的一剂催化。
凭阑干东风泪满，梨花带雨，姗姗来迟的桃花早已埋藏积蓄的好运。
在画中将诗情吟哦，在诗中将画意描摹。
流觞曲水不再孤高和寡，行云流水不再只可意会，
萌动的春情若和煦的暖风，拂遍万水千山。

原载《诗潮》2021 年第 11 期

曾永龙的诗

曾永龙　笔名迟也，福建省作家协会会员。自由职业，现居泉州。诗歌曾获第六届“野草文学奖”三等奖、第十届中国校园“双十佳”诗歌奖，第三十六届全国大学生樱花诗歌邀请赛优秀奖。作品见于《诗刊》《中国校园文学》《星星》《福建文学》《福建日报》《台港文学选刊》《青春》《鹿鸣》《泉州文学》《散文诗》《散文诗世界》等刊，收录于《大学生诗歌年选（2018 版）》《青春校园诗历（2019）》《〈中国诗歌〉2019 年度民刊诗选》《福建优秀文学 70 年精选》等文学选本。

浴室修辞学

小心褪下世袭的色彩，在浴室深处
你对自己上下其手
显影的相片黑白无定，镜子也有世故的脸庞
借由故事的泡沫反复裂变
从繁复的织物中抽身而退，疑问最终化为彻骨的冰凉
难道是流水造就了彼此的灵魂？
（“你忽然想起多年前，在母亲腹内
驾船出走，被迫游历世界的边缘——”）
记忆的裂痕也随天空闪现，时间的掌纹
暗藏远古的风暴
雾散之后，我们竞相射落四颗并排的落日
不济的心肠便又添下了新热

原载于《星星诗刊》2021 年 4 月上旬刊

张海莲的诗

张海莲　现为江西省井冈山经贸学校学生。

少年

那年春意正浓
谁家翩翩少年
眉眼弯弯
清澈明亮，充满朝气
未曾食人间烟火
那么稚嫩而青涩
好似那夏日冰爽的汽水

少年身上总是有耀眼的光
让人向往
但那光不刺眼
像温润的玉
似夏日的风

少年轻狂
总与平庸相斥
不甘堕落平凡
总想仗剑走天涯

裴福刚　河北宽城人。河北省作协会员，鲁迅文学院第27期少数民族文学培训班学员。作品见于《诗刊》《民族文学》《诗歌月刊》《诗选刊》《星星》《草堂》等刊和多部诗歌选本，著有诗集、随笔集、长篇报告文学等多部。曾入围第18届华文青年诗人奖、第十届中国红高粱诗歌奖。就职于国家税务总局宽城满族自治县税务局。现居河北宽城。

裴福刚的诗

避雨记

某个下午迷失在北中国的辽阔中
一间咖啡馆里，穿灰色长裙的女子坐在其中
她低头读马尔克斯的惶恐
表情严肃，完全不顾冷暖峰交汇的街头
那些湿漉漉的排比句
直到其中一页折有旧痕，倒立起闪电和熙攘的人群
她忽然喃喃自语，并抬头望向窗外
“马孔多小镇的雨水正从书页间溢出来”

落日时分的咖啡馆是安静的
看不出谁曾在此掩面痛哭

夜色中的河流

树影下的长裙如此隐秘
是这个夜晚的一部分

波光闪烁，来自眼前平静的水面
——我喜欢永恒中的某些瞬间

比如微风，与河岸有闪电的契约
比如爱，只是某一次突然加速的心跳

原载《诗歌月刊》2021 年第五期

有感于非洲某土著部落葬礼

死去的人，和活着的人一样
有权在空地上雀跃，围着篝火跳舞
有权把自己睁着眼睛的头颅
挂在枯树上
接受月光的讯问和救赎
有权把白布包裹的身子，竖着
埋进沙中，像一条失去自由的巨蜥

夜幕不忍，悄悄拉上天空的帘子
对于身首异处的超度，它有权拒绝观看

原载《四川文学》2021 年第四期

庞梓堃的诗

庞梓堃　现为井冈山经贸学校学生。

人与天

人有很多烦恼，
所以黑着个脸。
天也黑着个脸，
天也有烦恼吗？

蜗牛与雄鹰

高耸如云的山峰，隔绝了动物们的南迁
雄鹰首当其冲飞了过去
高空中飘下了几根羽毛
有翅膀的麻雀没过去
有强健双腿的豹子没过去
所有的动物都放弃了
转头离去
蜗牛没走
第二年秋天
动物们又一次来到了这座高山
蜗牛不见了
山顶上，山腰间
留下了一道深深的划痕

罗兰的诗

罗兰　女，90后，江西吉水人。系江西吉安市作家协会会员，曾获吉安市文艺奖一等奖。

行走在湴塘

行走在湴塘
行走在诗意荡漾的湴塘
我是杨万里诗中的那只红蜻蜓
在千朵万朵尖尖小荷上
随意停歇

行走在湴塘
行走在诗意荡漾的湴塘
我是一只翩翩飞舞的黄蝴蝶
在一丛一丛的菜花中
自由飞翔

行走在湴塘
行走在诗意荡漾的湴塘
随着倒流的时间之水
我看见杨万里面朝接天莲叶
口吐芬芳

行走在湴塘
行走在诗意荡漾的湴塘
南宋的绮丽在这里流淌

诗歌的涟漪在这里泛光
流溢芳香

生命的最后十五年，杨万里隐居故乡湴塘

绿荷如盖
他是荷叶下游来游去的
那尾鱼

有人说
他爱荷叶之下的荫影
有人说
他爱荷叶之上的荷花

其实都不是
你看他抬起头
咬破水面

他咬的不是水面
是钩
他在等那位叫皇上的钓翁
对他下饵

水里没有钩
水面只有风
走来走去的风

罗添 就读于广西民族师范学院，现居住在广西贺州。诗歌散见于《诗刊》《星星》《诗歌月刊》《广西文学》《青春》《延河》等。曾参加2021年第十四届星星大学生诗歌夏令营。

罗添的诗

西山厨云记

我们靠在农场的篱笆墙上
摘着厚实的南瓜和三角梅
用山间温柔的溪水煎煮着心绪
十年前如此
十年后也依旧如此

我们已经漫长得遗忘了时光
那些笨重生锈的时间轮齿
还在外面的都市扎扎闹腾吧
可嘈杂是与我们无关的
最多是调皮的松鼠在山崖滚落
带来了一片西山的薄雪

我们常常把云当作厨食
粘稠的、单薄的
还有颜色各异、形状多样的云朵
它们会无故捎来海的气息
在从无雷暴和风雨的西山
我们幻想着人间的四季匆忙

原载《散文诗世界》2021年6期

程浩　安庆怀宁人，现就读于宿州学院国际经济与贸易专业。

程浩的诗

美

我眼中的美
是含苞待放的花朵
是清晨时悬挂在叶片上的露水
是阴云密布时坠落的雨滴
是黄昏日落时的一抹夕阳
是炉火里柴薪轻跳时的孤寂
是街道旁路灯落下的暗黄
是天桥上经过的阵阵寒风
是地铁站里无人时空灵的冷清

人们匆忙焦急地寻找美
却没有注意到
其实美就在我们的身边

李林林　80后，江西永新人，理科学士学位，业余爱好写诗。

李林林的诗

邂逅

你，木槿花般的执着
只为我赢得一个仓促的邂逅

留下一尘无染的星空
只有粲粲的双眸闪烁

夜幕为你做华丽的衣裳
翻越思绪的藩篱茫茫飘荡

低吟的蟋蟀伴着晚风
矜持地躲进那古老的矮墙

下一个灿若夏花的邂逅
不知在何地焦急等候

秋夜遐想

我站在秋天的夜幕下
冥思遐想，不为别的
只为拆除思维的藩墙
让自由的思绪随风飘荡

飘荡的秋雨褪去夏季的不安
忧伤洗涤这长长的江南古巷
只是入口那个苍凉的故事
依然随我到心灵的远方

远方的黄昏依旧升起
浓浓的烟熏的空气
氤氲着阵阵稻田的气息
一盏归来的橘色的渔灯
轻轻地摇动
孤独的树影

树影的怀里
栖息着一只归巢的倦鸟
和我一样，没有睡意
静静的梳理
这寂寥的心情

春天的斑斓

在这一年又一年
纷纷又扰扰的时光里
无可奈何，拼尽全力
不知不觉，你还是远离
而我还没尝到欢喜
就活成一只孤独的蝼蚁

幸好，灯下读过雪莱的《西风颂》
让我想到严寒终散，绿意盎然
只要心有所盼
草木的欣然，燕子的呢喃
在我心中，同样演凑出
春天的斑斓
令我心安

第四辑
西北地区青年诗人

左右 中国作协会员，作品见《人民文学》《十月》《诗刊》《天涯》《花城》《诗探索》《葵》等刊。曾获珠江国际诗歌节青年诗人奖、紫金·人民文学之星诗歌佳作奖、柳青文学奖、延安文学奖、冰心儿童文学新作奖等奖项，曾参加诗刊社第32届青春诗会、鲁迅文学院第40届中青年作家高研班，现居西安。

左右的诗

裂缝

只要我稍微听见一点声音
哪怕是轻轻的微动
哪怕是一瞬
我就有这样的错觉
下一分
下一秒……
我很快能听见了

那是生活里的光
从另一个世界的裂缝
努力为我凿出来的
小
地
方

原载《鸭绿江·华夏诗歌》2021年第12期

过神木黄河段，邂逅一场雨而作

我这一生风霜停留的额头，在而立之年
已经出现了无数裂缝

我被眼前千疮百孔的沟壑——感动了
它们的样貌，多像老年之后
我铜黄的肌肤、岁月流逝的瞳孔

我被眼前的神木——也感动了
一场雨，从河床下找到自己的归属
从有限的水珠，流入无止尽的长河
仿佛泪水找到了久别重逢
一张白纸找到了诗句
一场雨，让我在这里驻足
仿佛我替自己的命
找对了命运

原载《绿风》2021 年第 2 期

秋日的果酱

是时候了，我们一跃而起
把暖阳的重心，一寸寸铺在脚下

秋风掠过荒原。敌人携手秋天
悄无声息，将眼前最后的金黄果酱
掠走了。噗哒噗哒的心
——也被掠走

灰尘迷了眼。当我掠空而起
所有不经意的挣扎，成为别人
以及我的孩子——余留在空中
最后一眼黄金的绝唱……

原载《星火》2021 年第四期

严雅楠的诗

严雅楠 中国少数民族作家学会会员、青海省作协会员，鲁迅文学院少数民族作家班学员、全国少数民族青年作家深入学习贯彻习近平新时代中国特色社会主义思想专题培训班首期学员，中国诗歌网注册会员。中国民主同盟盟员，大通县文联第一届委员。曾为《老爷山》编辑部主任，现为青海省大通县博物馆馆长。作品散见《诗刊》《文学月刊》《回族文学》《诗江南》《美国新大陆诗刊》《青海湖》《雪莲》《青海日报》《民族日报》、中国作家网、中国诗歌网、中诗网、中国诗歌学会、学习强国等，入选相关选集。著有诗集《命运的休止符》。

瓜拉峡

银白的飘带依偎在
地母的颈项
阳光已调视野正好
放逐被围困的呼吸
莫惊扰崖间的聚餐

一株杜鹃就钟情一只蝴蝶的爱恋
一场细雨只痴迷一排白桦的秀发

翻过时间的山坡
童年翘首玩伴
雪也沉醉其中

树贤 原名冯树贤，现就读于西北师范大学传媒学院。兰州市作家协会副秘书长，甘肃省作家协会会员，作品散见于《诗刊》《星星》《扬子江》《中国诗歌》《中国校园文学》《飞天》《青海湖》《诗歌月刊》等报刊，连续入选多种年度诗歌选本。著有诗集《逃上一棵树》《白银之歌》，曾获第六届黄河文学奖青年奖等奖项。

树贤的诗

乌兰

我透过车窗看天，看云的脚步
从容而安详，朴实地越过高原
它们的影子落在尘土飞扬的路旁
落在山坡上忠于职守的牦牛背上

凝视、眺望，此刻
我正在想念一只逝去的鸟雀
沉默的原野，鼠兔闲散无定
窗外的青稞正在阳光下成熟

雪水流淌，颤动着自由的光泽
而风延展了水的宽度
看吧，乌兰，我们的生活
从来都要忍住平静幸福的眼泪

德令哈

德令哈是遗留在原野的骨笛
笛孔空荡，等待着旅人唇齿留下一段响声

巨大的石山，万物缄默不语
于德令哈而言，十月是我所抵达
我路过那里，脸被晒伤，离开时
鹰隼在高空持续进行着翅羽的洗礼

我不停追问着高原电车的站台
德令哈何时遇见了第一叶金色

日月山

高车的车轮斜倚在石堆
我知道美好的日子又一次来临

人们以舞蹈在大地上庆祝一场收获
以精湛的手艺制作金银器皿
日月同辉，他们如林间的蘑菇一样新鲜

一片云升起在日月山
他们肩并肩躺在这片土地上
月亮清纯，他们又为了迎接新的开始
站在了日月山的拗口

李解的诗

李解　安徽庐江县人，中国诗歌学会、安徽省合肥市作家协会、陕西省青年文学协会会员，曾在《诗歌月刊》《中华文学》《鸭绿江》《青年文学家》《参花》《岁月》《散文诗世界》等发表作品。目前就读于西北工业大学。

梦醒时分

那夜我突然醒来
没有雷雨，红船，红衣女子的笛声

我拿着蜡烛，天地混沌未分
如孩童般害怕巨声
推开窗

这条街想向我展示什么
从一头停来一只红船
在水泥路上停泊
在方才的雷雨后游

船上女子自然要吹笛
一曲惊了天上月
痴痴情渐起
清风忘还露将还
绸缎轻舞欲邀还休
不料离去

那夜我突然醒来
床上只我一人
凄然间曦晓已过
却无人归

王语轩 作品散见于《十月》《西部》《扬子江诗刊》《星星》《绿洲》《奔流》《太湖》《椰城》《南叶》《伊犁河》《吐鲁番》《散文诗》等有诗歌收录《中国新诗年鉴》《青年诗歌年鉴》，新疆作家协会会员。

王语轩的诗

垂钓

长长的铁擘，像千万个魔爪
伸向地球，垂钓起草原，森林
纷纷后退的稻田竖起惊悚的耳朵
背着山泉，鸟鸣，四散逃离
砂粒横冲直撞，卷起尘埃
肆无忌惮地掠过村庄
热浪，风干了母亲坚挺的双乳
寒冷和温度坠落
砸瞎了大地的双眼
昏昏沉沉的太阳，假装明媚
舔舐着钢筋水泥的眼泪
我捧起一束阳光
安慰挂在山尖的月亮
小河偷偷告诉我，它失了聪
正等轻风去缝合它的伤口

原载 2021 年《绿洲》第 1 期

书籍

它们和毛茸玩具争宠
一起占据了我半个小屋
在我大部分的休息时间里
吸引我去靠近
阳光松散
斜斜照进缓慢的字词里
用一种无声的语言
在心里落下种子
那是我前世错过的爱人吧
才这么执着，不图回报
让未知的世界打开
露出隐秘的光环
给我全新的启示
窗外的世界有纤柔的蓝赶来
沿着虚无的潮润
将细微的光亮交与我
从忧郁里泛起露珠的气息
允许时间说出孤独

章文强 笔名木頭，中学教师，《芙蓉国文汇》签约作家，曾在全国文学大赛中多次获奖，被评为“中国百年百位优秀诗人”，荣获“百年新锐诗人”奖，其诗歌作品散见于《国际诗歌网》《华人文学杂志》《中国诗歌网》《露天文学》《芙蓉国文汇》《诗地佳苑》《百家号》《简书》等报刊、平台。

章文强的诗

桃花源

世界在雾中
汽车飓风一般驶过
刀锋划开大地的胸膛
山谷里，回音炸裂
空气的纹波，颤抖起
蟒蛇挂在钢丝上，起舞
南天门外，云层深处
金色的瀑布，刀劈般泄下

或许是一个梦
如旷野之风，无垠沉寂
在生与死的边缘交织挣扎
乌云天际边，蔓延开来
瀚海外碧空，光芒倾泻万里
在黑暗极深处，我有一座桃花源

赵海青 青海化隆人，青海省作协会员，全国公安文联会员，青海公安文联会员。出版诗集《在阳光还没有退去的时候》，诗歌合集《八面诗风》。有作品入选《2010年青海诗歌年鉴》，在《北京诗刊》《西部诗选刊》《中国汉诗》《青海日报》《青海湖》《河湟》《青海青年报》《西宁晚报》《西海都市报》等刊物发表作品，曾是“榕树下”签约专栏作者，现就职于海东市化隆县公安局。

赵海青的诗

高蹈

把灵魂抬高月亮就低了
我和你的心也近了
柔软的像是丝绸在牛奶中浣洗过一样
目光所及葳蕤生香

何其有幸在天地间还有你
借着月光的水晶鞋舞蹈
纤细的腰身和着软糯的唱腔
映照着我脚步的匆忙

我提着生尘的往事叹息不已
走近你丰满的羽翼随时准备飞翔
在深夜万物酣睡时正好
有街灯悄悄穿过我的手掌
于是我分不清倾泻了芬芳
还是冬天本应如此苍茫

央措　本名郅晓堃，现居青海西宁。供职于大通回族土族自治县人民政府。

央措的诗

沾水的庄子

庄子沾着雨水洗漱
显然这是个假象
庄子是个智者
显然这也是个假象
显然关于庄子的，一切都是假象

我该这样介绍他
庄子，男，未婚，盯着水里的鱼
静静发呆

其实，庄子饮水，追蝶，低头
只爱一个女子
他，晓梦，筏舟，牧羊… 托着杜鹃

缘

山楂树，有它高傲的喉结
红牡丹，有它好看的衣冠
铁山药，有它坚实的外表……
荷莲、雏菊、枯树、乌木……也是一样

只是
我从不记得——
诸神，所绘的植物
有这么多不可告人的秘密

党锐强的诗

党锐强　甘肃会宁人，现居新疆吐鲁番。供职于吐鲁番市文化体育和旅游局。作品散见于《散文诗》《散文诗世界》《诗选刊》《天津文学》《鸭绿江》《速读》等百余家期刊，入选多个选本，偶有获奖。诗观：笃信诗文若水，濯洗灵魂。

宁可相信

宁可相信
人生纷繁，风里带土
些许生灵，只为涅槃或重生而来

宁可相信
生灵从出生到归尘
是灵魂净化的征程
是灵动人世的过程
是把爱恋和深情托付的经历

每至午休时分，天地静寂
万物惬意舒展
或入梦，或享受生活
偶见调皮捣蛋者，震翼击空
不歇地聒噪或啾鸣
恣意翻飞
或是为了唤醒尘世的安静，驱赶旷野的孤独吧

我祈愿，请允许我
和山花一道，随风摇曳轻飘飘的裙衫
让整个世界涌动起斑斓绮丽之姿
打破这份沉闷

半峁的诗

半峁　甘肃省天水市秦安县人，2016 年开始学习写诗，作品散见《滇池》《散文诗世界》《散文诗》《飞天》《兰州日报》等。

敦煌梦

石窟在落日下禅定
有人意图把所有的壁画
偷偷搬出一一展开
借天边的晚霞镀金
让菩萨的笑，飞天的舞
倒影在宕泉河里流动
可惜少了一轮唐朝的明月

闭上朝圣的眼
仿佛听到开凿的叮当声
以及勾勒线条的画笔声
从石头里，从历史的那端传来
犹如一个叫乐僔的和尚
对鸣沙山熠熠的金光
无休止地迷恋与叩问

此刻莫要问我
见到骆驼为何悲伤
看不到祁连山
落下清朝壮大的雪
我们无法让三只骆驼
驮回经卷的宝藏

原载《散文诗世界》2021 年第 10 期

曹戊 原名，曹正奇，新疆作协会员。作品见《诗刊》《北京文学》《延河》《中国校园文学》《星星》《飞天》等刊。参加第十三届星星大学生诗歌夏令营。现居乌鲁木齐。

曹戊的诗

入疆札记

茫茫的夜色中，我要以何种方式抵达
祖国六分之一的土地

列车从远处捎来奔流不息的风
撞击你的四面八方，我要以何种方式
留在九月的北方，夜色来袭
我要以何种身份通行——
穿梭于富饶的山水和贫瘠的大地

我想起列车沿途的风景，我要以何种
方式抵抗，被风化的可能——
广袤的寒夜里，我用力撕扯单薄的被子
试图掩埋好露出地面的部分

祁连山的雪

祁连山，我看见高速飞过的
祁连山皑皑白雪
在列车的窗户边上展露一小部分
原始的白和清冷

雪。原始的雪
覆盖着祁连山的秘密
车窗外一片又一片飘飞的雪花
落下来，神降临的
那一刻，雪花一片又一片

耳南　本名王小康，小学教师，新疆作家协会会员，入选《中国校园文学》第二届全国教师文学笔会。诗歌散见于《青春》《星星》《诗歌月刊》《西部》《绿洲》《散文诗》《中国校园文学》《民族文汇》等刊物及选本，曾获第三届国际诗酒文化大会校园组银奖、四月诗会·第三届大学生诗歌节四月诗人奖。

耳南的诗

落脚

说是落脚，其实不免有些悲观
四面沉静，也无鹤起，也无风落
且还有呼吸壮胆，天便渐渐高了

当站立一事不再成为议题
送行的队伍也就越发正直，例行公事时
还是要先睁开眼睛，之后修筑堤岸
——或积雪之山

原载《星星》2021 年第 11 期

天机

在至清之水落地前，捕获天机——
池鱼已经谋划好一个时辰的起落
碎石跌入深夜，跌入一枚绣花的针里

时令赶制春天，最终敲定
一头山羊将在深夜吞食星空
稻草要肢解长镰，圈地为荫

没有一个远客不会归来
每一团炉火，也都自然地映在西墙

如果我大醉于一场风雪，请一定
将新收的粟子交于母亲保管
把这半生的悲喜，酿出一个良夜

原载《中国校园文学》2021 年第 2 期

冯果果　原名冯书敏，笔名风铃子，陕西商洛人，就职于陕西省图书馆。中国诗歌学会会员、陕西省作协会员、商洛市作协副主席、商洛市青年作家协会主席。作品入选多种选本。获第七届“中国诗歌·突围年度新锐奖”、2020陕西诗歌年度诗人等奖项。已出版诗集《降临》《三千》。

冯果果的诗

时间的马匹

它分多次驮走了视我们若珍宝的人
这霸道，蛮横的敌人
马不停蹄地奔跑在我们身体的版图
不分昼夜，不辨黑白
它登上山顶，山顶便满头白雪
它跑过紧致的湖面，湖水便波纹纵横
它在心形跑马场反复踩踏
它奋蹄在四肢百骸
它所过一片狼藉，花失色，光陨灭
我们一生，都在修炼，渴望成为牧马人
驯服它，赶着它往回走

禁忌

一个人闭口不提乌鸦
这与小孩子矢口否认打碎了玉不同

一个人以为黄昏有悖论，预言荒谬
只是心魔所致，其实落日并未有多余隐喻
罂粟毒性与生俱来

一个人在故事里讲述
后山森林住满小巫，活力四射又淘气
它们看惯了生老病死，和乌鸦毗邻而居

一个人一生都在寻找平衡点
不让未沾染尘埃的心倾斜

怀璧其罪

美与生俱来，忧郁与生俱来
东风压枝，相当于忧郁把美撕碎了给人看
这是不可避免的事情

让他看着你美丽的背影，在消失之际
回眸一笑说再见（只是口型）
是不是很有画面感，你恍惚于此
而忽略了再见抑或是此生不见

至于羡慕嫉妒恨，至于出生成凤凰，龙
乌鸦，孔雀还是蚂蚁
长成花还是荒草
在智慧学说形成之前就已注定

高洋斌 笔名阿记，陕西省武功县人，大学教师。文艺作品见于《诗刊》《星星》《延河》《神州文学》《中华诗词》《中华辞赋》《中国青年作家报》《人民日报》等国内外期刊，作品被翻译成其他国家语言发表。《文化视野》专栏作家，杂志社签约作家。

高洋斌的诗

离别，在繁花似锦的深处

翠绿，轻抹一脂胭红
便熟透了甘甜
娇艳在多情的七月里
孤身一人自赏

褪去刨坑、深埋、静候的煎熬
徒留在曾经的厮守处，无人问津
我撕碎整把的红叶
默默地咀嚼着难续的离别

郭旭升的诗

郭旭升　2020年毕业于西北农林科技大学，就职于化隆县委办公室，现居青海化隆。有作品发表于《诗刊》《中国校园文学》《中华辞赋》《作品》《诗歌月刊》《草原》《延河》《青海湖》《青春》《散文诗》《六盘山》《雪莲》《美文》等刊物。系青海省作家协会会员。

对立

举棋不定和杀伐果断同样具有仪式感
满目疮痍和锦绣罗绮才是一胎双生
寺宇凌空而脊柱深扎大地
春色渐浓但寒风却回旋如镖
新鲜的面包整齐地摆放在陈旧的架台上
隐蔽的影子却长满现实的触角
空旷对应充实，磨难对应顺利
白对黑，生对死
就像我能看见自己的正面
却一直无法看见自己的背面
莫比乌斯环始终无法区分起点和终点
克莱因瓶装不下一滴水也容纳得了大海
在寂静的道路上我总会听到寂静的声音
在晴朗的夏日我总会看到阴霾的晴朗
走过太多河边的鞋子比河水潮湿
黄昏是从正午才开始的黎明
等我透过镜子走到镜子背后时
才意识到结束是真正意义上的开始

原载《草原》2021年第5期《新发现》栏目

向哈拉库图进发

向哈拉库图进发，向着
落日中永恒的金色城堡进发
向着远古的羌笛和陶埙进发
向着虚幻的寂寞的超然于英雄的情感进发
风越来越温柔，像抚面的青草
让内心柔软的事物萌发嫩芽
而安息于岁月的灵魂猎猎作响

在古老而神秘的仪式背后
一千头牦牛喘着粗重的鼻息
一千个头骨奏响冰冷的音节
一千个泉眼喷涌滚烫的血液
我听见墙垣倾倒，灰烬散灭
一个诗人完成一纪元的创作

向哈拉库图进发，向着
残缺的史记断章进发
向着困厄而隐秘的力量进发
向着萧瑟的欲望之战进发
向着不眠之夜做最后的祷告

一场大雪降临
一炉黑矿石孤独如坟冢

原载《诗刊》2021年7月
下半月刊《E首诗》栏目

青唐城夜记

在风中，这尖锐的寥阔
沉寂而执拗，被攥紧的
影子成为弓箭，与风赛跑
你且尽情追逐，穿过这座
沉默之城，与逆向的车流
擦肩而过，与匆忙的人群
打个照面，你尽管剔除
堆垒的文字和身上的微尘
循着月光，在凤凰山路疾驰
“看见和看不见的都是道路，
最终所有终点都将汇合。”
风越大，影子越摇摇晃晃

原载《青海湖》2021年
2月刊（总第802期）

胡景轩　中国石油兰州石化公司机电仪运维中心员工，中国石油兰州石化作协会员。工作之余创作诗歌与歌词，曾在《词刊》《兰州日报》《兰州石化报》发表作品。

胡景轩的诗

黄河

黄河汹涌行进
一支永不停歇的队伍
去往永不停歇的大海
每一个水分子
都有饱满的信心
黄河坚信海洋
海洋信仰每一滴水
黄河是世间最真的自信
星辰望着星辰
曙光也将在远方渐渐升起
东去的黄河
迎接最早的黎明
在坚持的脚下
命运默默地离开
黄河
在自己的方向上行走
神情坚定坦然
主宰着每一寸的路程

李芙蓉 中国诗歌学会会员，叶圣陶全国作文大赛评委。职业教师，业余喜爱写作，曾有200余篇文章散发于全国各大报刊。部分佳作获奖并收入年选。

李芙蓉的诗

沙漠之鹰

盖天弥漫的，未尝不是另一种夺命武器
一只鹰的飞翔，令我担心许久
能不能飞出一片混浊
亦或葬于一床温软
都是我所不愿看到的沙漠意外

尘沙四起，浓雾不消
肆虐处，风沙不及信念来得猛烈
历练之后，于雄鹰
所有的厚重
都会成为它冲破桎梏的又一个硬核
只一次逆袭，青春便已完成了它全部的意义

桃花引

阳光蹑手蹑脚地从窗台爬了进来
春天还没醒透，日子就想偷走这晾晒了一季的
果干，旧物与潮湿的祭念

怎好说桃花如流水般轻飘
她盈盈初绽时，被风卷起的盛情
一层有一层的厚重，若不是死亡
吹轻了身体，吹透了肠胃
奶奶定是那桃花源上最长情的一朵

思念茂密，生活一树树抽新
再回首，而今的夭夭桃花
不都成了我们向死而生的药引子

马索里么 撒拉族，2021年毕业于青海民族大学，现任化隆县第一中学高中语文教师，青海作家协会会员。著有长篇小说及散文集《西北望》，诗集《出黄河》。

马索里么的诗

光与影里的化隆老街

太阳投下古老的目光
沉静地看着众生忙碌之地
在化隆老街的各个角落
都能看到时光镌刻的雕像
定格，动画，沉默，热闹
烟火茂盛，人群如森林般生长
老年的，幼小的，男人，女人
像草木一样面对春天和冬天
像云朵一样面对夏天和秋天
像祖辈一样面对诞生和死亡
在这条老街上，谁都在讨论生活
却都不惧怕苦难
如果明日谁将没有踏过老街
有人惋叹，有人悲伤，但也与无数人无关
山河依旧沉默，依旧万里如故
光阴在众生的脚步里转过
谁也说不清楚慈悲的是神灵
还是一日复一日的日出
清晨的阳光，风格迥异地照耀
在这一条老街，慵懒的猫
从容的鸽子，烧烤的烟，行走的人

充满我渴望的眼睛
也充满我初醒的心脏
四季依次轮回，日子晨昏有光
大风骤来，暴雨骤停，阳光明媚
老街在这里无言了上千年
人在生死，物在迁移，景在变换
老街的影子是一张照片
可以贴在镜上，嵌在相框，夹在书本里
众人眼中各有故事
房子矮小，街道不长，人流如织
光阴在众生的言语间度过
一生有限，长不过老街
在这里，所有人都有苦乐
他们繁忙前半生，就是为了下半生
带来一切念想，又带不去半片红尘
干干净净地来了又走
分别在四季赴向各自的归宿
路向着四方，风吹自四方
吹过老街也吹过众人
最后消失在蓝色的高原深处
风，雪，雨，雾
轮流成为老街的风景
老人，小孩，男人，女人
踏过老街的四角，千年不变
我们也是其中一个日子
在等待成为历史的烟云
光阴在众生的光与影里走过

祁芙泉的诗

祁芙泉　西北师范大学中国现当代文学专业在读研究生，现居青海西宁。诗歌发表于《诗江南》《深圳文学》《绿风》《延河》《青海湖》《诗歌周刊》等刊物。有作品入选《红衣白马的女子们》《青海诗人》《峨日朵雪峰之侧》。2021年出版诗集《低语的埙声》（合集）。

芦苇丛中随想

这是关于生活的奥秘
——扎根泥土并惯于沉默

此刻，我仿佛生于芦苇丛中
站在大风里——
强韧的根茎举起柔软的芦穗
在天地之间寻找遗落的星辰与新生的草木

那儿是你的故乡，也是我的他乡
如果有人爱你，给你罂粟般的一吻
也只是
飞入芦花——
都不见

我站在这里，这里就是世界的中心
我们一同怀揣风暴
静听涛声远去

祁富睿 青海师范大学文学院2020级学生，天风文学社成员。

祁富睿的诗

漫步

想与你漫步夕阳下
看夕阳映红你的脸颊
想和你漫步大雨中
看雨点飘落浇灌心中的花
想和你漫步在茫茫大雪中
雪花飘落你我白了发
想与你走过雪月与风花
时间流逝抹不去你我心头那一抹芳华
任时光缱绻沧海桑田
不变的
是你在我心中初见的模样

擎墨 陕西永寿人，作品散见于《延河》《散文诗》《华声晨报》等刊物。

擎墨的诗

等风来

等你在风中淡淡一笑，我就是那些
向往春天的花草。夕阳映衬的河水中
金蛇狂舞，在一丛丛迎春花里
看见死去的小鸟，我为它祈祷
为它失去的一切。梧桐树用摇曳的风姿
责备人世的幽暗，风推着云走
阳光庇护我的落魄，疫情向夜幕漏出獠牙
当我品尝无尽的蚀骨的失眠之症后
一大杯琼浆装下我久违的微醺
我对所有事情厌倦时，又到牡丹盛开季节了
无垠的草原在风中禅定着
很久很久一个人醒来。你看
桌上的饭菜有我们的酸甜苦辣
像一朵盛开的花打开动人的部分
云是风的遗址，摇晃的树叶包含着我
的深情。眼前的海像我无处安放的心
溜进黑夜超度。我只想一个人好好活着
成为这世界看不见的结

我是春天的千万分之一

这是一个恋爱的季节，大家应该相互微笑
搂搂抱抱这样就很好，做一个干净又安静的人
三月我去了小河边，洗了手看了油菜花
去了野地，吃了野菜蒸出来的菜卷
坐在门前，暖风一阵一阵吹来
太阳热烈又灿烂，我小心地躲着阳光
停下自行车，扯着嗓子对着面前的山喊起来
路边的鲜花和我一起在春游。如果有耐心
可以见证一朵花开，在黄昏的地平线上
拥抱落日。尽管太阳落下的时候，我们不得不
踏上归途。人世辽阔，我只是春天的千万分之一
仿若山头的绿，海边的浪

深雪　原名马慧，青海省作家协会会员。作品散见于《青海湖》《花城》《诗林》《华语诗歌双年展》《扬子江诗刊》等，曾获2017年中国洛阳“桂冠诗人”奖。

深雪的诗

雪线

村庄也静了下来
我端坐在窗前，看见自己
闪烁的星光跌落在冰河上
我怀揣隐疾，体内的水声寂静

时间的灰线倒退
火焰仍旧在梦中出现

天亮了，我重新整理房间
仍旧不施粉黛
在干净的清晨
迎着凛冽的风向
成为寂寥的雪线

无从表达

海水早已退去多年
残留在体内的潮水仍没能
教我柔软，这些年里
我依旧坚硬
握在掌心的沙砾越来越多
我时常试图摊开
又时常较真紧握
我总热衷于美妙而失真的梦
仿佛那里才有我该过的一番人生
夜晚的星辰我已经看不见了
我自己我也很久找不到了
庸俗化的生活远离着诗歌
我如尘埃般越来越低
属于我的表达
埋葬于无数苦闷之下
每次试图用力发声
却发现不是音量过低
而是我已无从表达

王世虎　甘肃省作家协会会员，柏舟诗派成员，著有诗集《如此黎明》《柏舟》《十万个春天》。作品见《星星》《草堂》《飞天》《牡丹》《中国诗歌》《黄河文学》《椰城》《散文诗世界》等刊，入选《中国90后诗选》《2020中国诗歌新发现诗人作品选》等选本。现供职于新疆维吾尔自治区党委某部门。

王世虎的诗

黄昏里

孤独是什么？一种形式
向上的哲学，是黄昏里春天的马车
马车上坐着我们向东而去的年轻母亲
我的母亲是我的爱人
我的爱人曾在秋天的葡萄架下等待落日余晖

孤独是什么？爱情的月光下有红豆
有相思的水流，和山丘
黄昏里我们一再隐忍沉默
列车穿过了迷人的隧道也只是
抵达了窗口的部分，黄昏里夜幕上涌
年轻是通向高处的可能
黄昏里坐着祖母，坐着星群璀璨的女儿

原刊《草堂》2021年第5期

坎儿井抒怀

一口井是一部断代史，更是尊崇
一口井由竖井，暗渠，明渠和涝坝组合构成
那是漫长而寒冷的冬天，祖父佝偻着身子
凝视着不远处的博格达峰，凝视着天山
吐鲁番盆地四周群山怀抱，犹如一位受孕的母亲
何以定义奇迹，何以定义男人和生存
从汉至清，那个地下劳作的青年男子
匍匐跪立在甬道中，以火为引，以水为信
掏挖者背对着油灯，始终挖掘着自己的身影
一口口天井成为性命和长寿的引擎
坎儿井，我们期盼着热爱着又流泪的眼睛
坎儿井，在历史长河中成为地下的长城
而今我在腹地疾走，整齐有序的小土包
成为我心痛的部分，干枯的竖井干枯的人民的血
后来者都应该闭目倾听，古老的回声
是砂砾和粘土胶结的共振，是涌动的陶瓶

原刊《草堂》2021 年第 5 期

徐存虎　笔名浩宇，甘肃泾川人，现居西安，供职于比亚迪有限公司。陕西省青年文学协会会员，《风满楼》诗社成员。作品见于《扬子江》《绿风》《延河》《陕西日报》等报刊，入选《青年诗歌年鉴》等选本。曾获泾川县首届西王母文艺奖新锐奖，第四届张家界旅游诗歌节优秀奖等，大多诗歌发于网络微刊。

徐存虎的诗

海棠醉春风

我们经过的是春天，风的声音
好像昨日的清谈。
我们经过海棠的绽放，花的色彩
好像倾泻的爱意。

我说这人间，就像你穿的衣服
我说这时光，就像你说出的话
你说海棠花开，美过其他
你说淡淡的典雅，像微醺的归客

一切就像海棠在春天开了
一切就像此刻，人间值得

后来

从黑暗中张开眼，梦里的一切
像秋天蜕皮的树木，直直地插在
大地深处
我想到的曾经，它们都在泪水里
像夏天蒸发掉的汗水，是啊
那些都不是我的
我的在哪里，在和夜
一一对话的，也是世界疼爱过的

只是后来，远去的都在远去
留下了我未曾低头的骄傲

杨阿敏的诗

杨阿敏 宁夏作协会员，宁夏大学硕士在读。作品散见于《诗刊》《延河》《奔流》《散文诗世界》《青春》等刊，入选《中国青年诗歌年鉴》。曾获陕西大学生诗歌大赛二等奖，宁夏大学生原创文学大赛二等奖。入选《中国诗歌》2021“新发现”诗歌营。

面对一条河

面对一条河
我写下寂静、空茫和满腹的心事
头顶不时有鸟飞过
几只断线的风筝在空中摇曳
无人知晓它们将归于何处
我们静坐于河边
谈论起一首昨夜读过的新诗
跳跃的句子使我们陷入沉默
那些被赋予新意的词语
在身后悄然隆起一座快要倒塌的大厦
我们沉默着，于废墟中辨认彼此

芍药

午后，独自上山看花
芍药开遍山野
那些红的白的花朵
尽情开着，海浪般随风翻滚
它们喜光，耐寒
在冬天的土壤里积聚力量
把一部分自己作为养分深埋在地下
在夏日的晚风里阵阵飘香

多好啊
一些花老去，就有一些花要重新绽放

杨宝旭 青海省大通县人，现就读于青海师范大学文学院，天风文学社成员。

杨宝旭的诗

无题

去到空无一人的森林里
捧起一把沙土洒向繁茂的枝叶
在风走过的时候沙沙作响
吵醒寂静
然后去找一片不太深的水泊
高高跃起，让水花飞溅
去招惹看守田舍的狗
让犬吠声传遍街道
去路灯底下
和飞虫盘旋，学着发出嗡嗡声
如果报摊上的报纸忘了被收起
就拿起她们然后撒向天空
幻想是硕大的雪花
如果人们没有被吵醒
也没有夜行的人路过
就和这些雪花共舞
夜晚不一定非得是沉寂
有些热闹只属于自己

陈慧遐 毕业于中央财经大学。中国青年作家协会会员，青海省作家协会会员，“中诗网”第四届签约作家。著有诗集《蓝色玛格丽特》《一湾清流》。现居青海西宁。

陈慧遐的诗

踏 海

倘若与月亮为伴
整夜同星辰守望着它
即便黑夜很快倦怠
也无所遗憾

倘若与大海为伴
整日同浪花亲吻着它
即便被他的愤怒击打
也无所畏惧

此刻
听着时间从耳边滑走的声音
看着一个个渐渐消隐在静空中的星星
于是，我走着，在柔和的沙滩波浪上
朝着太阳升起的方向
丢掉空乏、丢掉迷惘、丢掉感伤……

远处，映射出海的美
并非单纯的黑
而是深刻的思想在升腾

魏金朝的诗

魏金朝　90后，出生于东北，现在西安外事学院工作，教授剧本写作、创意写作。有诗作发表于国内报刊，并入选《青年诗歌年鉴》等诗歌选本。

山丘那边

被偷走的夏天不曾有人归还，
秋意渐浓，漫山林色缱绻。
一帧帧潦草葱茏的岁月呀，
化作枝丫上细小的冰柱。
最远处的山丘上有模糊的黑点，
那是往昔恋人的居所，
泉水流淌至今，已淡了他的眸光。

云中长调

炊烟是草原之上最绵长高亢的呼唤，
畅饮深处，飘起整个冬季的漫漫大雪。
战栗贯穿着牲畜与人的必然相依，
唱给自己——荒寂的呜咽，
也给云、给天地。

浓郁的长调沉落在孤独的夕阳里，
带走白日对生命真相惊鸿一瞥的不忍。
来到、离去、来到、离去……
马嘶声传来，洪亮的歌声相和，
终究抖不散日复一日的离索，
火光，也不是尽头。

侯洋　笔名弄月之喵，呼和浩特诗词学会副秘书长，其馆藏系类诗集《在，文字之间》于2012年刊出。诗歌作品刊选于《星星》《中国诗歌年鉴》《草原》《诗歌报》等。喜好绘画，2017年曾举办个人画展。

侯洋的诗

落风的夜晚（组诗）

——你记得的一切都是从那场雨开始的，于是也终将消散……

忽略

萨黎莎说，被羊侵袭过的城邦，叫作
匕舌。巨鼻树
又称谎木，已在这里扎根了许久

每当幽绿开始转黄
雨水陆续结出冰果时候，羊群
就会席卷整座盛产谎木的城

人们也似乎逐渐习惯了
让风旋转在睡房，花朵凋萎在清晨
玻璃奶壶内，淡云色的挂壁缓慢下滑
当清晨补满荒芜时，巧妙地遮蔽着
来自窗外的微光

所有，可以说出的真切，此刻
都生出了柄

它会将身体固化在那滩水中，萨黎莎说
直到羊群离开，我们
像秋天的树一样落光掉，关于树叶的
几乎全部幻想

潜雨陆离

费尔南多的兔子飞镖，你瞧
跌倒了无数次
却仍旧旖旎的梦依然故我

我想说的是，山麓已经开始结冰
你对我说过的，叶卡捷琳娜的宫殿和镜子已
经染好了哈气
而在你温暖的城市里
雨，只是捎来一些去意

比如蓝花楹上，被切割的
灰蒙蒙的天
和从天上垂下来的，细密而笔直水线
最终都层层叠叠铺在那儿

斑驳的人行道上
比薄饼还浅的积水，正在
安静而努力地复述着这个颠倒又奇妙的世界

垂钓雷声

“比如那些夜晚”他兴奋地做着手势
在教堂黑色尖顶不小心弄疼云层的那些夜里
又或者在它们都不能打破的禁锢下
清朗的天和和煦的早秋，都
充满讽刺

他说，到了那天
一定有办法揭开那些光芒，虚假的，罪恶的
他显得有些悲壮，他说
“来吧，我可爱的风车。来吧，唐·吉诃德”

他站在那座不能直呼名讳的城
空旷的夜色，很重
他说那一夜雨水很红，而哭泣声却
很轻。很轻，很轻……

他说
是魔鬼在那一刻调低了音量

迷雾剧场

忽然就想起那个名字，费尔南多
从说过晚安起
那扇门就开始邀请
更新鲜的时间进来做客

她们，乌鸫色的窄裙上镶缀着
巧克力酱般迷人的蕾丝边
樱桃裹在透明的黑下面

“本应该详细描绘一下她们，但是
费尔南多先生，您知道的
这是个糟透了的时空，所有
与红有关的事物都携带了原罪和禁制”

雨水，这时候

在废旧的幕布上升起，烟雾
也从剧场的废墟上弥散开，渐渐遮蔽了
暮色下的鸟群

无法消减的爱情

当承诺无法弥合时
她把门推上了

一点一点行走在库索图阿
雪后泥泞的路上
丈量正如倾斜的风标
把长长的影子投向正渐渐出离的
黎斯凯基山脚

其实这些并不重要，我
只是杜撰了开篇
在真正的魁北克，唯一筑有城墙的回忆中
圣劳伦斯河上飘荡着的才叫眼泪
而那个故事短促得令人心疼

所以，我还是继续
讲我假设的城
她从某个初冬离开了他，和
那间用黄油、谎言、苹果酱、爱和冰冷交织
的房子

白马记

廿八日夜，雨脚如麻未断绝
有夜行者途经燕赵
失控了透明的华服
守城人，牵白马，走三关
他高高低低唱着寒窑和宝钏，裂锦、惊鸿……
终究是福薄相，也终究是口耳徒传
白马非马，不一而足的佐证，未可陈词
你，不信也好
任那白驹行空，也相安她
趁你浓情时仓皇过隙

第五辑
西南地区青年诗人

阿来小羊 四川省凉山州昭觉县人，文学爱好者，有作品发表于《螺髻山》《校园内外》《山风诗刊》《清白诗刊》《新思想文学》《凉山新生代40家诗展》《暮雪微诗报》等刊，及“彝族人网”“凉山文艺”“彝诗馆”等网络平台。

阿来小羊的诗

我的向阳花

向阳花
你是太阳的光辉照耀的那一朵
落在我的心田生根又发芽
照耀着我的心房温暖了我的四季

向阳花
你是清晨的雨露灌溉的那一朵
圣洁的仙露培育的有趣的灵魂
你那圣洁的血脉挽救了我的余生

向阳花
那一朵开在春天里的花
一阵微风从故乡将你带到我身边
在异乡的每个清晨与黄昏陪着我
抚慰了那一颗被生活琐碎折磨的心灵

向阳花
那朵开在皎洁月光里的花
在漆黑的夜里给我光芒的那一朵花
总在黑夜里指引着我回到梦的归处

向阳花
我的向阳花
你那曼妙的身姿早已镌刻在我脑海

向阳花
我的向阳花
你的温柔与体贴早已侵占了我的灵魂

向阳花
如果可以
我想将你轻轻摘下种在我的心田
陪你日出而作日落而息

向阳花
如果可以
我将用我的余生偿还你给的柔情
陪着你携手共叙白头

云中的恋人

站在迷雾中的我
终究无力挽留云中的你
随着云海渐渐远去的身影
成为我此生最深的牵挂

站在蔚蓝天空下的我
守着我的缄默无处躲藏
我揣着一颗星在夜里等待
等待某一朵云会将你归还

随着风四处漂泊的我
望向云中若隐若现的脸颊
撇下了一滴晚秋孵化的泪
将它捧在手心抚慰它的委屈

山谷里的暖风将你吹向了彼岸
我留在云的故乡默默守望
捻取一撮又一撮晚霞编织我的风帆
于是伫立在星空下等风也在等你

超玉李　云南姚安人，系中国作家协会会员，散文集《楚雄书》入选中国作协2020年少数民族重点作品扶持项目，文学创作三级作家，任楚雄州作协理事，楚雄州文化旅游推广使者。出版《仙鹤古镇》《野鹤山河》《观物书》等，有作品入选核心选本，在《人民日报》《民族文学》《作家文摘》《诗刊》《人民文学·专刊》等发表过文字，偶获奖。

超玉李的诗

执恋

山川太多了，我只恋
高峰山
江河太多了，我只爱
石者河
村庄太多了，我只恋
生我的老李湾村
女人太多了，我只爱
一个十月生，叫小十兰的阿妈
男人太多了，我只爱
一个八月生，叫小八顺的阿爹
这些爱，我愿
一生执恋，扛在肩上，哪怕压得我
一生腰弯如月，甸如秋穗

秋天的缺席者

一粒一粒堆积成山的稻谷
我一见就满心欢喜
一包一包金黄的苞谷
挂满院子
我一见就心生爱恋

而我羞于谈论农事
这些年，久坐于室
我是秋天的缺席者

我已。皮肉细嫩，老茧褪去
使用锄头和镰刀
这一祖传的技艺
只能在白纸上，画饼充饥

原载《天津文学》2021 年第 10 期

陈辉 四川师范大学中国现当代文学专业2020级在读博士生，四川省评论家协会成员。2013年创建初晖诗社，出版编辑诗集多部。曾获《中华文学》新锐作家奖、中华文学优秀诗歌奖、国家级期刊优秀论文一等奖等奖项。

陈辉的诗

区域

如何为窗外的杂乱树丛（旁边连接着低矮灌木）
划定整体区域，遵循几何图理还是自由意志
取决于我们需要一个确定的世界还是重叠的世界
掷骰子也会使我们陷入分裂，再来一次
再来一次……林中萦绕的果味浓郁
而最好跟着一名赤脚孩子环状地扩散出去

陈颗　现为西华大学现当代文学研究生，研究方向为巴蜀文学，中国新诗。

陈颗的诗

狂想曲：来自21世纪的奏鸣

——写给翟永明

金碧辉煌的佛像下
一尘不染的莲花座，被抚摸得锃亮
低垂地俯视众生目光里
跪着一位信徒，衣着鲜亮

膜拜自己的欲望

那座古刹，全部由木头筑成
钟声一响，隔着薄雾浓云
回荡着穿梭千年
枫桥夜泊的声响

快来吧，永明
新世纪，早已焕然一新
汽车取代达达的马蹄
飞驰翻过，萧瑟竹林
以前我们说千里太远，书信太慢
现在，世界小得像一座村庄
一眨眼轻舟便过万重山

为何，我与你之间
始终横亘一道墙

快来吧，永明
黑夜已如白昼般透亮
不再有人，高扛火把踽踽独行

达尔文进化论开始逆行
人类寄居在，水泥森林
变成猿，变成甲虫
变成通讯录里的 ABC
变成面目模糊的甲乙丙丁

快来吧，永明
过去，这里是农民的耕地
我们的祖辈，日出而作日落而息
滴下的是汗水，长出的是麦子
从黄土地里诞生的不止有粮食
在黄土地里埋葬的不仅是父亲
后来野火将这里烧尽
春风不再吹又深，归家也无迹可寻

快来吧，永明
当生活被压缩进屏幕
墨汁不再浸润洁白的纸
惊涛拍案，卷起黑色的残渣
青山绿水，无人醉倒它脚下
山高水长，我们不再仗剑行走
只需抱一抱拳就知道
后会有期

快来吧，永明
我要变成叫嚣的天狗
把日来吞了，把月来吞了
推倒金色的神像
打翻供奉的祭台
再用一把火，把庙宇
烧光

快来吧，永明
冰川在融化，板块在漂移
现已四面楚歌声
哪里还有流奶与蜜之地
用千百年流传的象形文字
砌一座坚不可摧的城池
如果陆地注定上升
就让我们重新选择生存的峰顶

邓靓的诗

邓靓 笔名亦寒，现居四川成都。成都市新都区作家协会会员，工作于大唐水电科学技术研究院。曾获第35届全国大学生樱花诗赛优秀奖，有作品入选《2019四川诗歌年鉴》《四川诗人》等出版物。

未来的火焰

我能预想到，那些未来燃烧的火焰
有一种特别的红色。荒草铺满鹞儿岩
青涩的树木曾自由耸立，也逐渐弯下腰
混淆于半山腰坚挺的蒲公英之中
宇宙中什么会一吹就散
这么多年，我一直无法得到答案
但肯定不是蒲公英，也不会是父亲
亲吻我幼年额头的事实

去年冬天，我仔细地看过他
长睫毛和倔脾气遗传给了我
短头发和短胡须，迟早会变成
浅浅的雪地。事实上
我们之间仅隔着还未升温的火炉
父亲说，这些黑色的木炭
在过去和未来，都无法逃离燃烧的命运
但却总能拥有鲜血般的火焰红
原来我和父亲的默契，一年显露一次
我们相互缄默的时候
都在等待木炭裸露出微妙的火星

陈进云 笔名自梦渔樵，又名山泓。曾获“中华杯·全国文学邀请赛”古诗词类二等奖，中国“普安红”全球茶诗征集大赛佳作奖。作品散见于《散文诗》《延河》《贵州作家》《当代教育》等刊物。与友人编著诗集《泼诗水墨卷》。现供职于贵州册亨县政府办。

陈进云的诗

念　想

一如既往，整个季节
被南风，吹出微凉
一些念想
被诗心包围
这时，我打开残损的手掌
四野的悸动
跳出，时代的滥觞

范庆奇的诗

范庆奇　现任教于重庆移通学院。云南省作家协会会员，作品见《诗刊》《儿童文学》《诗选刊》《北京文学》《星星》《草堂》《江南诗》《诗歌月刊》《中国校园文学》《诗潮》《青年作家》《草原》等。参加2020年“星星诗歌夏令营”、2020年《中国诗歌》“新发现”诗歌营。曾获2021冰心儿童文学新作奖，首届“特写杯”非虚构大赛一等奖，曲靖市政府文艺扶持·新人新作奖，第二届东江诗歌奖，第四届“求是杯”诗歌创作与翻译大赛一等奖，第七届“抒雁杯”大学青春诗赛一等奖，第八届邯郸大学生诗歌节一等奖。

怒江峡谷

八月的山间，浓雾笼罩
奉为神山的峰顶不露神色
峡谷里一群人上演蚂蚁的行迹
他们头顶背带，像一匹马
驮运着几块空心砖
我看见浑浊的汗水从他们脸颊上落下
此刻的怒江奔腾而去，江水清如明镜
他们用脚走出了一条崎岖蜿蜒的山路
轨迹就像是身前的怒江流过高山
雾由谷底升上天空
人却越活越矮，最后埋于地底

原载《青年作家》2021年第十期

书院路以南

这条街干净得竟找不到一片落叶
只有风吹动我头顶的树叶，沙沙作响
凌晨了，人行道上还有许多人
他们很少抬头，看天空，看树叶
看悄然而至的霜降

这个季节，北方一片枯黄
我的朋友们会为发现一朵小花而欢呼
他们珍视大自然吝啬的赠予
珍爱大雪下仍然努力活着的草木
风灌满了街头，这座城市更寥落，更孤独
在遥远的黄河边，那些畅聊的日子不见了
从那以后，每到深夜只能倒头就睡
一只黄色的猫从我面前跑过
它是不是在寻找鸟儿和春天

原载《江南诗》2021 年第一期

碎镜子

黑暗中的峡谷，不觉得幽闭
立身此地，风像一匹野马从身旁跑过
身前是山丘，身后是耸立的山峰
中间独留一片平坦之地
人们在上面盖房子，开垦土地
生老病死，将一生托付给山林
如同一棵瓜，遵循瓜熟蒂落
山崖下，溪水暗中涌动
水声惊醒夜宿的鸟雀
失眠的我坐在岸边，数掉进河里的月亮
河滩上每一汪水潭都是一面镜子
或者是，打碎的镜子被人遗弃在这
让我想到村庄，是多么幸福，又多么寂寞

原载《诗刊》2021 年第二期

鬼啸寒的诗

鬼啸寒　本名杨伟，贵州沿河人，作品见《诗选刊》《中国诗歌》《民族文学》《山东文学》《贵州都市报》《贵州作家》《小说与诗》（香港）《西北军事文学》《国际诗歌翻译》等；入选《2012 自便诗年选》《21 世纪贵州诗歌档案（贵州 90 后诗选）》《21 世纪中国诗选（2001—2021）》《花开有声——沿河 90 后诗选》《金牌 90 后》《春风吹过 90 后》等。入选“2010 年度中国 90 后十大先锋诗人排行榜”“新世纪贵州十佳 90 后诗人”。民刊《地头蛇》主编，第十三届贵州民族文学创作改稿班（高研班）学员，有作品被翻译成英语、土耳其语。

看见贡米上街

马路上摆放的
已不在是混乱不堪的
而是生态环保
这多好，在那个寂静的山中
森林可以任飞机晃动
我真不知道
他在头顶可以低成这样
一个肥胖的妇女
带着两个孩子
原地休息
真是愚蠢的奔劳
我们加满进口的汽油
一轰油门
旋即离开

洪仕建　四川简阳人，四川师范大学中国古代文学硕士在读。

洪仕建的诗

动车纪事

白色河流从山底呼啸而去，我们
坐在高处看车，谈野鸭子，锈螺丝
以及失真的草。天空泛着淡红色
像新切的鸡血李，色素并不能
阻止饮料畅销，我们时时痛饮精神
一切并没有那么奇怪，我们还曾
吃完醉酒活虾———食物而已
直到电缆插进山腰，木叶摇响警钟
腥味来自身后，遛黄鳝的人圆滑可爱
啪嗒拖鞋，抽大烟，谈生意
白色河流再次呼啸，我们终于分清
动车与绿皮火车的细微差别
拍照吧，趁它还没有开到很远
但谁会为我们留一张底片呢？

胡光贤的诗

胡光贤 就职于贵州省盘州市委政策研究室，贵州省青年文学研究会会员，六盘水文学院签约作家，六盘水市作家协会会员，盘州市文艺评论家协会会员。作品收入《建党百年·创作成就突出诗人三十家》《当代知名诗人作家代表作年鉴》《2022年中华精英诗人·诗歌日历》《我爱我家，强国有我》（小学·朗诵版）等选本。

滑向光明

世界阴暗的包袱太沉重
压得我喘不过气来
时而让我跌倒
时而我又爬起
当我心灰意冷时
滑轮鞋，人类进步的缩影
让我看到了世界的明媚
在我的鞋底装上几个小圆轮
支撑着我的躯体
高擎我的灵魂
以力助力，滑向
光明的那一面

春耕

春暖花开时节
布谷鸟来回盘旋于树林间
一头农耕几十载的水牛
默默地再次奉献着自己的年华
被土壤磨蹭得晶白的犁尖
在一缕缕阳光的照射下
反射出耀眼的光芒
一幅栩栩如生的春耕之图
再次绽放
属于它的时代里

吉克有古的诗

吉克有古　四川省诗歌学会会员，昭觉县作协会员。诗歌发表于《散文诗世界》《凉山文学》《德州晚报》等刊。

滚落的石头

沉默是它的本性
当太阳升空，所有的物种
开始无休止地言语，唯有滚落的石头
保持那原始的姿态
直到乌云压顶，大雨倾盆
我学会种植粮食，学会装置时间
然而，我只想告诉石头：
我急需用你的躯体，活出生命的本质
以此来面对虚伪的现实

怒击

风暴掀开头颅
露出白骨、黑血
夕阳，吞下覆盖邛海的雪山
泥土黏住的匿迹，此刻缓慢苏醒
那时，闪电的怒击
响彻云昼，雨水
灌进黑羊，野兽也疯狂
当雄狮吼叫一声怒吼
就诠释出冗长的谎言
解开了绳索的心结
时间，显然贯穿始终

江水的诗

江水　本名覃川江，系绵阳市文艺评论家协会副秘书长。作品散见《诗歌月刊》《飞天》《滇池》《星星》《剑南文学》《散文诗世界》等，现居绵阳。

鸟鸣声

走进山里，鸟鸣声唤起青年人
儿时，林子归来的祖父拿出蜂蜜
憨甜的笑着
他不顾一切舔了起来
鸟鸣声围绕着他们
祖父也正舔嘴唇
望着他

黄昏时分，鸟鸣如
骤雨，追赶着他
如今双耳失聪，行动不便的祖父
再也没见过生活的甜，只剩下
岁月的苦
这个青年人，在鸟鸣声中
越走越快

李锦城的诗

李锦城　作品散见于《作品》《诗歌月刊》《延河》《山西文学》《中国校园文学》《散文诗》《青春》《鹿鸣》等刊物。曾获第五届国际诗酒文化大会校园组银奖、第八届中国邯郸大学生诗歌节一等奖等。

都江堰

你不知道，那是一片永远无法看见的海
所有的秘密在浪花中摇曳，慈悲的春风再不会前来
我为这一刻倾尽所有，甚至整个天空、落日
哪怕最后只与你的悲切满怀，妹妹
我喝过你爱极了的大乌苏，在恍惚中
我看见你将草原的无数星群推开，之后是静默的
如同分别时刻，一滴泪从你的眼角脱落下来

你说，都江堰的呜咽有人记得吗
那八百里袒露的浩荡，也曾让人在黄昏痛哭
枯叶跳进水里，我们相遇的春天是否在江底醒来

我啊，拥有一切悲伤的事物，包括你
你白色衣裙，让我从此具备风信子的情怀
那时候多怯懦，只敢在冷雾中相视
却从不在阳光下，将所有属于你的日子交付出来

这水声会与我一起枯萎，等你在他身旁盛放
我的疼痛，就会随同你的欢愉再次到来，因为我爱你
所以只好趁着暮色，将与你有关的部分忘怀

原载《中国校园文学》2021 年 9 月号

李凯的诗

李凯 研究生学历，山西武乡人。作品见于《星星》《草堂》《诗潮》《散文诗》《诗林》《延河》《滇池》《绿风》《青年作家》《山东文学》《中国诗刊》《诗歌月刊》《四川诗歌》《北京诗人》《四川诗人》等刊，有诗入选《2021年诗歌年选》《中国90后诗选》等选本，系四川省诗歌学会会员，现工作于四川省交通运输厅，生活居住地为四川遂宁。

露营记

白茅轻抚夕阳，在小岛上铺陈旧事，远比
工兵铲插入岩石困难得多。帐篷渴望美
与之相似，我的大脑也想腾空迷茫之海
我们抛下身陷洼地的爱车，转而占领词语
这是草原与茶道的初婚。奶牛比手机，更加
深谙热忱。木炭升温，水于壶中塑造壮年
泡椒凤爪、椒麻鸡、香辣龙虾……
晚餐在我们口腔中研制出丰盛的挂念
而我却在颠撞中寻找，被夜风灌醉后的抵达

苦菜

故乡盛产苦菜，也盛产爱吃苦菜的母亲
在带哭腔的叶片上
我常常能找到，一轮受伤的月亮

伤口处，那溢出的血
是她留给苍生的母乳

当苦菜流入母亲的动脉，母亲就拥有了
恻隐之心。这让我深信
苦菜是我留在故乡的根

李鹏燕　现任职于贵州民族大学。2015年毕业于华中师范大学中文系，获文学硕士学位。爱好文学创作，尤其喜欢写诗歌，多次在诗歌征文活动中荣获奖，参与主编的儿童诗集《和孩子们写诗》即将出版。

李鹏燕的诗

九月

九月
耳边缠绕着的
依然是夏蝉
无味的歌
田野到处是
植物结种的声音
清泉一样的风
和等在门口的日光
一起扑进我的怀里
我如晚霞一样醉了
紧握第一片
微黄的落叶
我像捡到了秋天
一样喜悦

琳铛的诗

琳铛　本名陈琳，目前就读于广西民族大学文学院。

话只说一半

曾经把自己的心剖开过
明明白白告诉你
我是什么，我要什么
不留余地告诉你
爱你的什么，不爱你的什么
接着等待
等待词不达意转成无疾而终
接着学会
学会把坦露的心声一点点捂紧
从此顿悟
话只能说一半
人也只爱到一半

刘楷强的诗

刘楷强　笔名扎哲顿珠，甘肃省作协会员，有诗歌、小说、散文作品发表在《诗刊》《扬子江诗刊》《诗选刊》《诗潮》《飞天》《山东文学》《青年作家》《绿风》《中华辞赋》《星火》《鸭绿江》《中国铁路文艺》《散文诗》《海燕》等多家报刊，曾获《诗刊》社征文优秀奖，《萌芽》杂志社第16届全国新概念作文大赛入围作品奖等，为中铁二局职工，现居四川省乐山市。

飞鸟颂

比如说我喜欢做的
总是揣摩着乡下的夜
寂静的，像墓碑上的纹理
透着灵魂微弱的鼻息

我倾听着一片落叶
在瓦片上跌落的声音
唤醒了整个村庄

今夜的天空没有繁星
只有远去的行人和鸟群
落叶呀，就是这满地月光
遗失的嘴唇。一遍遍地
亲吻他们的名字

我是那鸟群里最小的一只
飞着，潜入少女的梦

原载《山东文学》2021年第10期

槭桤木　本名黄嘉丽，现就读于广西民族大学汉语言文学专业。

槭桤木的诗

我把这歌唱还你

天上花枝
地上残叶
金色的空气掠过发梢
占据在我身后

走在宽广的回家之路
手中发出迢遥的呜咽
心头已失去光辉
歌唱的小鸟依旧

我不
拒绝往昔的瞬间的停步
我把这歌唱还你
把金色的空气留住
做真正歌唱的黄鹂

宋春来的诗

宋春来 广西作协会员，作品散见《诗刊》《工人日报》等报刊，入选《中国年度优秀散文诗》《中国新诗·“我们在一起”》《新诗365首》《中国太湖风诗歌大赛精品集》《中国地学诗歌大赛优秀作品选》《大美佘山·好诗100首》《八一诗选》《行吟中国》多种选本。著有散文集《风华正茂，我的武汉大学时光》（团结出版社），现供职于贵港市电视台。

地皮菜

听父亲说这种菜的时候
我好像就看到他提着竹篮子
走向雨后的原野。这时候
天空中有一道美丽的彩虹
父亲每捡拾一两块地皮菜
又抬头看了一下彩虹
那道彩虹就像一道彩色的拱门
跨越了宽广的大地
我想，如果他往前走去
他会不会走过拱门
拱门之后又是怎样的世界
那些晶莹剔透的地皮菜
就像一块块柔软的墨绿色宝石
很快铺满了父亲的竹篮子
我看到他往回走的时候
他也不时回头看看
直到彩虹已经完全消失
路上，他也曾经
抓起篮子里的地皮菜看了几眼
那种遥远的鲜美
是我从来不曾品尝过的

午休的民工

我已经用手机拍了照
其实，我更愿意
把他画入油画
画那黄色的安全帽
粘满白泥子的浅白T恤
和发白的牛仔裤
画他的随意
随意地躺在墙角下入睡
画他黝黑的脸
均匀的呼吸
我也要画那翻新的墙壁
画午后的阳光打在墙壁上
画出我的印象
和时代的质感
我已经想好了
要运笔如风，快速勾勒
决不打扰这个短暂入梦的人

一只桃子

一只桃子，她在我手心上，白里透红，让我赏心悦目。
我闻着她的气味，想起了《诗经》中的《桃夭》，
那位要出嫁的姑娘仿佛就来到了我面前。
这刚刚成熟的桃子，这刚刚长成的姑娘，
她要出嫁，一定会使夫家家和万事兴。
这么饱满的桃子，这么康健的姑娘，她要出嫁，
一定会使夫家幸福又美满。
哦，一只桃子，白里透红，让我想到阳光的温馨。

宋雯心　目前就读于西华大学。

宋雯心的诗

银杏之心

每一叶金黄都值得珍藏，
当秋风无意叩响了心扉，
是谁用落叶堆积思念？
我愿在每一个希望之秋，
向未来作热烈的告白。

时光

流转的四季追不上他的脚步，
他在朝阳未醒、星辰将眠时离去，
漠视杜鹃之恋，忽略秋雨之泪。
天边高耸的石崖青了又青，
总望不见他归来的身影。

云

那片柔云看似温顺像绵羊，
实则坚毅如雄鹰，
绝不愿囿于一方狭小天地。
我不得不缓缓松手，
望着我的白云飞远。

孙澜僖的诗

孙澜僖　现就读于西南大学文学院汉语言文学专业，四川省作家协会会员，中国诗歌学会会员。作品见于《中国艺术报》《星星》《中国青年报》《当代诗人》《中外文艺》《长江诗歌》《诗歌周刊》《当春》《椰城》《散文诗》等，作品收入《中国诗歌排行榜》《星星诗人档案》，与他人合著《中国诗歌地理：00后九人诗选》《心如荷开》，出版个人诗集《湖畔听棠》。

所有的空间都留不住声音

所有的空间都留不住
声音。轻易就溢了出去
从窗帘的咬啮处飞走
飘飘荡荡如风筝

剥离了最初始的激情
变得空洞而无意义
因之，广袤如河水

深冬

马路两岸树木一排一排的
连成密不透风的拱桥
——桥，是从什么时候开始密不透风的？

冬日里，常青树永远一副睡不醒的邋遢模样
低矮地遮住全部日光
它的老胡须在冷风中细细颤抖
那风不是刀子的刃
却是磨盘的磨，钝钝的
一圈圈碾出来，是稀薄空气中
桥的无尽头

王俩合的诗

王俩合　现工作于西藏阿里地区。作品见于《青年作家》《回族文学》《天津诗人》《火花》《中国汉诗》《诗歌地理》等，入选《2021 中国微信诗歌年鉴》《中国好诗年选 2021—2022 卷》《海内外华语诗人自选诗（2020）》《汉诗三百首（2020 卷）》《青年诗歌年鉴（2018 年卷）》《中国百年诗人新诗精选》《中国 90 后诗选》《中国诗人年度诗歌选集 2017》《中国诗歌大观 · 365 人选》（2014，2015 卷），《中国诗人生日大典》（2016，2017 卷）等。

扎根

每一朵白云都是一滴泪
每一个沙丘都有 206 块完整的骨头
精子和卵子的结合，这是世间最完美的诠释

大雪已掩盖了我的膝盖
愈埋愈深
如同格桑花把尾骨插遍 4300 米的高原

狮泉河的天空不算太高
零下四十度的冬天不算太冷
红柳根不算太深
沙砾堆成的冈底斯山脉
像极了我的后半生

风来临

每次大风来临都会鬼哭狼嚎
每一根交感神经都异常兴奋
呼吸开始急促
心跳变得过速

以前走石，现在飞沙
红柳肢体不会断，只会弯腰
这样最接地气
白杨树最刻骨铭心
只有它知道骨头与骨头摩擦的痛楚

风再大些，手中紧握的沙子可以吹到遥远的地方
每一粒都写满我的乳名

杨领　诗歌作品在《民族文学》等刊发表，现供职于石阡县公安局。

杨领的诗

外公

外公好像一直都忙着解读竹子
从山珍到竹筏，从鱼竿到背篓
他把竹子解为撮箕的那个冬天
竹子也为外公解释了两行

一行解成竹席，垫在了外公的身下
一行解为长箫，在舅舅的嗓里悲鸣

原载《民族文学》2021 年第十期

哑巴公鸡

家里养了很多只鸡
可我一点都不喜欢公鸡
它总是在天还没亮，就叫母亲起床
唉，它要是哑巴就好了

原载《民族文学》2021 年第十期

想一场风花雪月的旧事

从进寨的那一刻开始，每一步
都踩在往日的旧伤口上。这是一个
不会叫疼的古寨，一些忍住伤悲的屋子
在百年前就憋出了皱纹。我从屋外走来
在石梯的一半处盘腿，请一阵微风净身
然后起身进屋，靠着一根老旧的柱子
替它想一场，风花雪月的事情

原载《民族文学》2021 年第十期

野冷　本名申豪杰，就读于牡丹江大学。祖籍贵州毕节。现为中国诗歌学会、中国散文学会、四川省散文诗学会会员，《译声》主编等。作品发表于《星星诗刊》《毕节晚报》《台湾好报》《散文诗世界》《山东诗歌》《家乡》等。已出版文集两部。曾多次获国家级诗歌奖及其他诗歌奖。

野冷的诗

黎明

黎明是黑夜尽头一只老乌鸦的啼鸣
在树枝头叫唤这过去死逝的生命
拉到眼前，把梦埋得更深

赶走了这些日子囚禁无声的苦痛
就把清晨轻轻播种
散落在一生的路途上
暗自将黑夜渡送

黎明，敲打着火王子的心
把柴火烧尽，只剩
星火在四处陨落，消逝

张鲤的诗

张鲤　本名张伟，现居四川成都，任教于北京第二外国语学院成都附属中学，业余写诗及小说。有小说见《长江文艺》《都市》等文学刊物。有诗歌见《诗刊》《星星》《诗歌月刊》《中国诗歌》《江南诗》《草堂》《诗收获》等诗歌刊物。有多首诗歌入选中国诗歌网“每日好诗”“中国好诗”“汉诗英译”栏目。

婴儿车

一架高景观婴儿车从超市门口
朝我滑过来，我目前并不知道
睡篮里有没有婴儿。天地之大
万物都背负着各自的责任
只有这架婴儿车退出来，它解放了
我站住不动了，我想如果里面
没有孩子，我就要偷走它，然后
婴儿自己就会走路，如果里面
有个婴儿，我将抱起他
但现在，我还不知道怎么抱合适
我也不知道我的力度是否合适
婴儿车的速度越来越快，就要
正面朝我冲撞而来，我无处躲闪
我很焦虑，像极多年以后
我在产房外面的心情

原载《江南诗》2021 年第 4 期

张容卿的诗

张容卿　云南大学文学院汉语言文学专业 2017 级本科生，现为云南大学文学院比较文学和世界文学专业拟录取硕士研究生。云南省作家协会会员。七岁起开始在《小学生拼音报》《故事作文》《简妙作文》《快乐童话》《边疆文学》《滇池》等报刊发表作品。十余篇文学作品在全国、省、市作文竞赛中获奖。

灯

我立于窗边
摘取窗外的一粒街灯
投入我案前的那盏孤灯
街灯眨呀眨，队列整齐而严肃
仿佛喧嚣的干道流淌着橘红的血液
陪伴千千万万处于归途的凡人
而窗内那点灯火
却只暖我一人

繁华和笑闹是属于他们的
回家和陪伴是属于他们的
窗外的街灯是快乐的
而我有的
只是桌案上通身洁白的宣纸
以及宣纸旁边那一碟漆黑
漆黑得像巨大引力的黑洞
吸进千载墨客腹中的书卷
我借着窗内孤灯的触须
在纸上用力且认真地写好每一个字
带着某种神秘的敬畏
敬畏黑夜，敬畏灯光，敬畏生命
窗内的孤灯是慎独的

原载《边疆文学》2022 年第 4 期

周绍力的诗

周绍力　贵州民族大学文学院2020级中国语言文学专业在读硕士研究生。诗歌、散文作品见于《速读》《贵州民族报》《贵州民族大学报》《河南科技报》《山西科技报》《齐鲁文学》《当代文学家》等报刊，曾获第七届黔风文学奖。

细听风的声音

旭日东升时，一缕缕暖阳
悬挂山头，花儿树儿伸着懒腰
奋力地簇拥。而一条条溪涧
匍匐在大山深处，默默地流淌
我喜欢，站立在高高的山巅
故乡最僻静的角落
细听风的声音，那里的一切
载满我的童年

原载2021年12月31日《贵州民族报》

握不住的时光

时间，请再慢点
再慢点我就能听见风的声音
在耳畔轻轻地吹拂
就像母亲用一生辛勤的劳作
换来一头无力的华发
牵动我小小的寂寞的心
让我在每个静谧的夜晚
思考。一步步找到生命的航程

原载2021年12月31日《贵州民族报》

朱昱璇的诗

朱昱璇 西华大学现当代文学研究生在读，现研究新诗。北京市写作学会会员，四川省诗歌学会会员，《零度》诗刊特约编审。诗评见于《诗探索》，作品散见于《零度》《大别山诗刊》《大学生作品选》。

穿过黑夜，寻找一双眼睛

黑夜袭来
笨重地包裹着我的身躯
马戏团牵线木偶的银线
缠绕住了我的手臂
我试着抬起，去抓住
上空的一双眼睛

眼白的白，白得似雪
苍雪落满群山
瞳孔的黑，黑得如山
群山覆盖苍雪
在虚空的隧道里徘徊
彳亍与踯躅
我什么也看不见
我仿佛又看见了
阴阳太极印在了
我的眼睛

把黑夜装进口袋
把白昼唤醒
我偷来一把金色的镰刀

收割四时、宇宙和大地
我将他们奉献出去
连同我自己

我将一丝无挂
穿过黑夜
寻找那一双眼睛

原载《零度》2021 年 12 月号

二十五岁以后

拔掉生日蛋糕上燃烧的蜡烛
试图还停留在昨天
用过期的胶水
将撕掉的日历
粗糙地粘起来
高高挂起

二十五岁以后
我不愿照镜子
飞扬的碎玻璃扎进我的眼睛
草地上奔跑的雀斑少女模糊身影

二十五岁以后
我的年龄变得模糊
反而头上的发际线越发明晰
似乎迫切向世人宣告
他的业绩

二十五岁以后
是时候和过去的自己
做一个告别
关于一个雀斑女人的
自言自语

黄鹏的诗

黄鹏　本名黄忠贵。贵州省作协会员，有诗作见《绿风》《扬子江》《星星·散文诗》《中国诗歌》《四川文学》等刊。著有诗集《马蹄上的村庄》。现供职于贵州省毕节试验区杂志社，拖拉机诗歌沙龙成员。

在低矮的人间出没

天光喑哑
高处的天空垂下身来
给大地留足时间

我有小空闲
前三十年的日子
一半交付秀水青山
一半留给浮沉人世

余下来的岁月
我想拥着日渐成熟的
沙糖果
在低矮的人间出没

我想就这样坐着等你
等一场如火的大雪
来点亮我、燃烧我
让幸福即使是在疼痛中
也得以引吭高歌

勒格阿呷　四川凉山人，西昌学院教师，中国少数民族作家学会会员，四川省民族文化影像艺术协会会员，四川省彝学学会第七届理事会成员，鲁迅文学院《民族文学》杂志社彝文作家翻译家第一期培训学员。2020年获西南民族大学文学硕士学位。曾在凉山电视台从事过电影配音译制工作；在雷波从事过彝汉双语教育教学工作。在《中国新诗排行榜》《中国新诗日历》《民族》等发表过诗歌。

勒格阿呷的诗

永夜的漆黑

那是一场精神和道德的浩劫
无人知晓，这间屋子里的人
喘着什么息气
外面布满了魔鬼的道场
也许是心里的鬼，也未可知
屋角两只眼睛在对岸射出的余晖里
闪着末日的金光
平息与回眸间
彼此洞见了无限的漆黑
以及漆黑要毁灭的一切
在反复的镇静中
那扇门终于寂寞地开了
闪电般的敲门声、电话铃声
皆在永夜静止
黑暗让女人着实安宁片刻
之后，翻江倒海的慌乱
助长了梦魇之芽
她披上嫁衣，献祭给永夜
用一个黑洞填补了另一个黑洞

过年

多少年来，我学着
母亲的样子，一卷一卷地
筹备浓烟四起的年
围着火塘把杯举过岁月的坎
年，翻过友谊和远方的诗
御上远行的箭，射中年神噢布库崖
我们之间隔着尼牧伙萨山
还有一座彩虹桥的彼端
今夜，先祖会换掉明年的臼齿
咀嚼时间和死神
我们在清晨放袅烟的地方
种上马桑和索玛
过年，迎接神明和你的胃
群山弥漫年肉的香脂
苦荞发根的地段
招魂草在指引
一千年后子孙的拥抱
在沟壑与沟壑间
一切和解

罗乔有　贵州大学体育学院2018级学生，现居贵阳。作品散见于《星星》《飞天》《诗歌月刊》《延河》《散文诗》《青春》《散文诗世界》等刊，作品入选《2020中国诗歌作品榜》《21世纪贵州诗歌档案》等选本。

罗乔有的诗

少年往事

从热阿口米到火石垭口
足够我的祖辈花费一生的时间来赶路
经常是，妈妈背着我，我背着小小的箩筐
箩筐里装着大小不一的松果
当然，松果里潜藏着粒粒饱满的松子
就为了这几颗松子啊，我的寨中人
从树上摔落，砸在春天的刺刀上
丢失了人间居住证。从那以后
我每次想要爬树，去采摘松果的时候
那棵松树之下的坟茔，都会令我心生恐惧

原载《星星》2021年第9期

印象中的祖父

每次被庄稼松绑之后，祖父就会坐下来
阳光也刚好脱去炎热的外套
琵琶声又从他的指尖跳下来，围满整个院子
烧酒在暗无天日的器皿里迎来新的曙光
等醉意和大脑皮层紧紧拥抱在一起了
太阳才肯退去

作为木匠，祖父一生打造的棺椁
和安装在天空的星子一样多
只是这些棺椁当中，没有一口是留给他自己的

原载《星星》2021年第9期

唐梅的诗

唐梅 大学本科毕业后从事文学性网站工作，业余写诗，作品曾入选《青年诗歌年鉴》等诗歌选本。

解密

今生遇见的人
总会因为前世的贪嗔痴
等等不可以估量的因素
凑巧了这一辈子的
相逢和莫名的心动
即便几世的轮回
我们都会有不可告密的偿还

或许我们前世抛弃了某一个人
这辈子同样也被他人抛弃
这不是偶然
而是隔世的和解

我们纵观前世的等等
并不是执着
而是知道如何珍惜

几辈子的缘分
就这样轮回着
纵横的世界里
我们彼此珍惜彼此和解

田宗仁的诗

田宗仁　笔名慊慊生，贵州盛华职业学院学生。贵州省诗人协会会员、贵州省纪实文学学会会员、贵州省散文学会会员、贵州省青年文学研究会会员、中国爱情诗社《中国爱情诗刊》在线诗人、上海芳菲诗社社员。作品曾发表于中诗网、华夏田氏网、贵州文化网、《当代文学家》《诗经春秋》《新滁周报》《中国爱情诗刊》《贵州散文》《贵州诗联》《乌蒙见证》《诗意贵州》《青春诗刊》《神州文艺》《书香神州》《西南文艺》、“温馨微语”“川页文学”等平台。

我家住在岩上寨

黑夜，我骑了一匹私奔的野马来到岩上寨
在最初的时刻，并没有这片土地的气息
是春风打的小报告
诱我而来

岩上寨，学名“高坡园七组”
沙鹅村的第七个孩子
是我生长、变老的土地
他的身体里装满了关于 29 户的一切
历史

小寨的路不多
一条南北贯穿，一条横跨寨子
敷衍的混凝土坑坑洼洼
仿佛小寨的模样，凹凸不平

寨子里为数不多的几棵老秋树
像母亲稀疏的枯发一样，随风摇摆
黑白相间的山岩像极了父亲的脸颊
苍老不堪

陈爻川的诗

陈爻川　南宁师范大学19级研究生，中国现当代文学专业。

起舞的大象

南宁市动物园有一只亚洲象
每次去都能看到它

跳舞
大脑袋甩动长鼻
随着自身的节奏韵律
四只腿流畅交替
轻重缓急，刚柔并济
四只腿流畅交替
随着自身的节奏韵律
大脑袋甩动长鼻

我们不知道这是一种
行为规癖
拍了一段又一段视频
哈哈大笑
这大象怎么跟人一样
翩翩起舞

孙倩颖的诗

孙倩颖　贵州省诗人协会理事、副秘书长，《萧乡文学》杂志社副社长；中国法学会会员，贵阳市作家协会会员。诗歌、散文作品曾发表在《贵州日报》《贵州民族报》《广西民族报》《青年文学家》《鸭绿江》等；所作歌词歌曲均发布在QQ音乐、酷狗音乐等音乐平台。

乌蒙速度

中国速度，是近些年的热词
在时光里烧开
煮沸在这西南的大山里

乌蒙速度，是这春天山里新窜出的芽儿
生长在忐忑云图
好不容易才从层层石灰岩中破土

上午的耕牛篱田
下午便是人造层层梯阶里的艳阳繁星

谁说太阳和星星不能同时出现？
D字开头的或是G字开头的
……
如果足够快，今天不也能追上明天

原载《鸭绿江》杂志2021年5月

空巢

空旷的蓝天
似乎也厌倦了唯有谁的孤独

远处的鸟儿牵着空中沉浮着的人
唱着名为“知归”的歌

浅淡的云层
似乎是变得更加稀薄

他们不厌其烦地相信着
一次次用乌蒙山脉苍白的背影祈求

不知今夕何夕
也未在意是秋日还是冬寒

庆幸，眼下还有的些许温度
足以抚摸，反复勾勒

原载《乌蒙见证》2021 年 4 月

叶芯男
渤海大学学生

叶芯男的诗

妈妈的灵魂拉着我

我在沙漠里奔跑
弄丢了伙伴与记忆
沿着发光的蓝色图腾
爬上了一面面戈壁
错落的漫天星光
召唤着眩晕着
安抚着劝慰着我的步伐
妈妈的灵魂拉着我
阻止我变成一片失足的云霞

第六辑
中南地区青年诗人

一梅 本名易敏，供职于娄底市娄星产业开发区管理委员会，现居湖南娄底。

一梅的诗

小瀑布

我的身体里有一条小河
发源地来自深处的虚无

另一端流向你
在我们相见的时候我确定了这一点

四目相对时
已相拥掉落深渊

夜行

我独自在街上行走
月亮在天上独居

月亮照亮我
走过人间的路灯

我的影子似嫩竹
快速生长

走过下一个路灯时
又回到原点

吱呀一声
不小心踩碎了自己

大雪

今日大雪
未见大雪

在喧哗尘世
我与你一同隐身

你躲过了
被消融的命运

我也幸免于
哭得像个泪人儿

肖扬 江西永新人，大学毕业后在湖北工作。有诗作入选《青年诗歌年鉴（2017年卷）》《青年诗歌年鉴（2019—2020年卷）》《2020年中国新诗日历》等诗歌选本。

肖扬的诗

馈赠

搅起你的宁静
是我在真诚的遗落中发现了真诚
在慰藉你的同时
我们用眼睛理解了眼睛

你说自己像纷纷扰扰的街道
我说突然发现一个身影分外恬静

如果你是风
吹散骚动的黄昏
原谅一个匆匆来去的精灵
委实不情愿让一颗心又累了一程
只是想我的戈壁滩有你的绿荫
清凉的关怀
同样刻骨铭心

传说
距离是一个远古的童谣
于是
我捡起讲给你听

不再孤独

今天夜晚
远古的风，睡熟了
星星终于没有走来
我闭上眼不停地走着
你为什么站得那么遥远
如最初陌生的你

真的，我说不清楚
你搁浅的船
怎样驶进我的岁月

我坦荡的目光里
写满了你的名字
仰起脸的时候
世界奇异地改变了模样

你递给我的那支雪糕
已融化成河流
船已经开始轻轻摇晃

我也知道你的目光
在翻阅我消瘦的身影
但我不知道许多年后
航程太远，风涛并不可怕
岸还未出现

我喜欢你远远站在那里
我们的目光将明亮而又灼热
犹如灯塔在前方闪烁

隔阂

我成心歪了歪碗
水落在了地面
一半留在碗里晃荡
一半欢快地钻进地缝

清晰地听见有人骂我粗心
长这么大还拿不稳一个碗
我想大海都翻了
干嘛要怨一条船

迟牧 本名刘林云，武汉大学文学院2019级硕士研究生在读，现居江西赣州。曾获邯郸大学生诗歌节一等奖、全国大学生樱花诗赛二等奖、中国校园“双十佳”十佳校园诗人奖等，入选首届全国大学生诗会、第十四届星星大学生夏令营。作品见于《长江文艺》《广西文学》《中国校园文学》《诗刊》《星星》《江南诗》《青春》等。

迟牧的诗

继承人

弱冠之年，他开始在自己身上寻找父亲。
而后愈加强烈，多种状态的父亲：
坐着，躺着。打牌的，喝酒的，和生病的。
更多却是沉默流汗的父亲，一支烟抽到天黑。
私自去工地观礼，那个中年男人，
混在更多中年男人中间，背影隆重，
映衬着整座城市拔地而起的壁垒森森。
父亲的梦想是全家住进新房，还有一个，
是他——敏而好学的儿子。实际上，
他不希望儿子像他：苦难是自己的伤，不该遗传。
青春期时，他的确不像父亲，甚至，
仇视他的权威，抽烟，以及咆哮的酒。
现在，他感觉自己的眼睛汇流了更多的水，
包容的洞察力，反复触摸曾被谁触摸过的生活。
是另一双眼，又像手，为成长的精神所描述：
弱冠之年，他开始在自己身上寻找父亲。

原载《星星》2021年9月上旬刊

飞蛾，如是说

飞蛾重生，它突然闯入夜色中。
你在脆弱的文字里惊慌，第一反应，
驱赶，像欧洲难以承受难民。
只要台灯还播放，它就无法安静下来。
一次次飞扑，你用眼睛扇走它。
它却反复靠近，向顶有光环的神。
空中摇曳的探戈，它发出吟哦之词，
声音窸窣，轻得惹人心动。

一支笔暂停书写你。注视着飞蛾，
想起荷马的死。盲诗人，伟大，
如今离欧洲很远。
有的思想渴望越来越像他，比如，
飞蛾。台灯之神。今夜无火。渴望，
不应止于渴望。寻找自己命运的声音，
消耗着一只飞蛾疲惫的毕生。
为同样的事，你燃烧于写诗的过程。

原载《江南诗》2021 年 4 月号

蒋双超的诗

蒋双超　男，笔名亦鱼、林以昼等，现居深圳，历任杂志社编辑和报社记者，现为自由撰稿人。2004年开始发表诗歌，作品见于《诗刊》《星星》《青年作家》《诗选刊》《绿风》《散文诗》《诗林》《香港文学》《读者》《新诗大观》《鹿鸣》等百余家报刊。2017年出版小说集《愿你被这个世界温暖以待》（北京联合出版公司）。曾获第48届香港青年文学奖、2019年冰心儿童文学新作奖、第三届大鹏生态文学奖一等奖、第二届中华校园诗歌节二等奖等奖项。

命运

有些雨水，只能是雨水
从天上到地下
纯粹是重力作祟

另外一些，却成了花朵
成了叶子
蓬勃，招摇
最后又无声腐烂

还有些，则成了眼泪
将落未落
困在一张脸上

海存在的必要性

总要有一片海供我们眺望
这世间如此干燥焦灼
水分的供养迫在眉睫

在明日的太阳升起之前
我选择做一个明媚如泉水的梦
故乡在梦中
梦在泉水里

梦里除了一匹马
还有一座山，在向一片海召唤
草木的影子摇曳
涌动的波浪令人无法质疑

孔鑫雨的诗

孔鑫雨　山东菏泽人，现居东莞，自由撰稿人。中国诗歌学会、广东省作家协会会员。著有《我的夫君是魔神》等9部长篇玄幻爱情小说，出版言情小说《你是我放不下的心动》，诗集《揽梦听雨》。有小说、诗歌、散文作品散见于《中国校园文学·青年号》《星星诗刊》《作品》《延河》《诗歌月刊》《绿风》《鸭绿江》《四川诗人》《羊城晚报》《广州日报》等。

飘泊

烟笼锁住天阶，朝露解开松菊
站在异乡的土地上，用一根发丝冥想

携秋风酿酒，挽阳光抚琴
幽赏海棠，不谈生活的苟且

无云的天空，鸟群从西边飞过
没有血性的人啊，你只能漂浮在

冰冷的崖边，被雄鹰啸唾
无名小花举起火把，痛入骨髓的离愁

蔓延在背影中的桃林，那广袤无垠的
苦涩，何以隐匿在我漫长的归期中

原载《作品》2021年10月号

奥秘

假如我只是一只
带有按钮的蚂蚁
被未知的神秘人物
遥控

我弱小的身体
要储存多大能量
才能一触即发
让流星切换苍穹

看江山如画
但蚂蚁一直在路上
即便干枯了自己
也无法探知宇宙的奥秘

原载《中国校园文学·青年号》2021年12月上旬刊

林梓乔 现在就读于广州华商学院。

林梓乔的诗

病历本

月亮，把黑夜割出伤疤
溢出的夜色，通过血管
与体内的器脏交换疼痛
翻过的病历本，把时间的尘埃抖落
用无数个日夜，累积起来的疼痛
汇聚成一种难以陈述的疑虑
想向命运，借一个谎言来驳倒自己
为此，再去挂个急诊
对每一病程重新检索一遍
将撕破的诊断证明，重新黏贴拼凑
摸过报告单的手，可以感受到
病名在隐隐作痛
药名，化验单，病历记录，费用，后遗症
还有与纸张捆绑在一起的恐惧
每一个文字，被深深地勒出了伤痕
我似乎被紧绷的神经，捆绑着拖出诊室
掉在地上的病历本，摊开的页面
上面只有几行字，是啊
医生用寥寥数笔，就把人的一生总结了

蒙志鸿　笔名顾鸠，现在海南大学学习，海韵文学社副社长。曾获东荡子诗歌高校奖、邯郸大学生诗歌奖、汨罗江文学奖、青春文学奖十大校园诗人、国际诗酒文化大会铜奖等，作品入选《散文诗世界》《江南诗》《诗歌月刊》《滇池》《山东文学》等。

蒙志鸿的诗

晚霞

形状不定的火焰，牵连黄昏下四散的云，
像看见安静的末日。
我为这晚霞感动，仅仅为这颜色，这不可触及的黄金，
这属于全人类的夜之前奏，属于水草的小漩涡，
它将我的思考长度延伸
又一个十二分之一。
一生里我要失去很多名字，
很多陌生人，我没有来得及把眼神交出，
就收割了众多阴影。
缓慢步入日落，灵魂也似铅块滞重，
我随身携带的，仅有这漫天的晚霞，
和一枚青涩吹叶。
任从古至今的风剖开我吧，
任羊群的蹄印穿透我吧，
像是沉默老虎的天空，我拥有蓝色
和容纳黑暗的目光，
我的情愫，借由介质表达，
希望你偶尔在小道上散步，因这火焰之美
而有了深爱人间的理由，
不需任何犹疑的相遇。

原载《江南诗》2021 年第 4 期

二楼书店

二楼的书店常被帘子遮住，
长灯安静，强烈如昼，
如昨日一般真实。
我在那，指腹纠缠司汤达和鲁迅，
和神话暧昧不清，结识成功学，
未解之谜。最后与教辅资料，
牵手离开。
我喝下超出身体重量的知识，
我想，超过父亲。

阅读一支玫瑰。
人类、思想史，关于，
一万种可能的集合。
缩小、坍塌，字体。
从书架的缝隙间见到了秘密。
无穷的启示，原野的想象，
诗眷恋唇，蓝眷恋海，
雨夜，大漠，深渊，
信件折痕和万物悲苦，
那些孤独与我铸剑，
从此合二为一。

彭文语　现就读于武汉大学比较文学与世界文学专业，现居湖北武汉。

彭文语的诗

东湖颂

东湖，今夜我想在你的手掌上欢跳，
你是我的一幢房子，我独你一幢。
我在你身侧打盹，又醒来，
目睹你小心不发出一点水声的拘谨，
我伸手去探你的鼻息，
便感到世上的恋人不会再彼此失去。

东湖，你不会永远是我的妈妈，
而我将永远是你的小女儿。
睡吧，除非你想看着我通宵达旦。
今夜，我将继续为你画画，
我会永远为你画画。

沈定坤　湖南湘潭人士，现就读于湘南学院。偶有文赋、诗歌、散文发表。

沈定坤的诗

三江源飘来的梵音

粗狂，游牧，河湖星罗棋布
源头们轻轻地诉说着
千年来不变的约定，为我
到来而紧紧相拥，依依不舍

人的诗和远方
雪豹藏羚羊们的栖息地
汇聚着千年的思念与遍地的泪光

风中的呼啸，流水的汤汤
一个异乡人在长风中，怀揣
起伏不定的魂魄，在祈福远方的亲人
飘来的梵音，将我们包裹
在岁月的洗涤中成为诗篇

吴子璇的诗

吴子璇　广东汕头人，广东省作协会员，现为惠州经济职业技术学院教师，《隆生》（双月刊）诗歌编辑。有作品发表于《作品》《少年文学》《延河》《诗歌月刊》《诗潮》《草堂》《广州文艺》等。曾获东荡子诗歌奖·广东高校奖，著有诗集《玫瑰语法》。

小幸福

我刚刚才洗完堆积的衣服
并把它们晒在阳光下

那些衣服随风轻舞
正渐渐晒干

春天自高处垂悬而下
我迷恋的仅仅是
摇曳之美

我现在，头脑一片空白
正畅快着呢
所以，别跟我说话

日落

风把短发拂着脸颊
夕阳抹在裙角漫不经心地散开
身后是无数屋顶错落有致
天空和琉璃瓦交相辉映
落日荡气回肠

我将爱和思念都寄在风里
穿越人山人海，回到祖辈的年代
寻根
身无外物，赶在明月翻滚之前
横跨一个春天

原载《作品》2021 年第 10 期

萧逸帆的诗

陈智鹏 笔名萧逸帆，湖南娄底人。诗人、英语老师、译者、主编。现于湖南科技大学外国语学院攻读翻译硕士学位，致力于写诗译诗，翻译诗集多部，作品入选权威年度选本。获第五届广西网络文学大赛诗歌奖、碧草文学奖、全国十大校园诗人奖等全国三十余个文学奖项。出版诗集《逸步轶诗》。

梵高画的鞋子

大街上
这么多双鞋子
穿在形形色色的脚上
同样褶皱
且沾满泥巴
没有人会盯上
让他们走开
不准进入客厅
只有梵高
有办法
双手奉上
高高悬挂
在最醒目的位置
代价是一只耳朵
他割给了世人

这世上有很多词

这世上有很多词
我偏爱说那几个
多么无聊的辞藻
毫无新意
我总纠结在这几个词上
锋利，尖锐而诱惑十足
不得不以身试法
身陷囹圄
我总在搭建一座宝塔
用尽所会的词语
塔尖安放一颗明珠
闪耀的光泽让人炫目
我总在明亮中看见阴影
那过分雕琢的语句
华丽得不够自然
塔基下的石头
多么朴拙
没有言语
我偏爱这无声
连所有的词都忘了
只在这时我才诞生
坐于石头上
成了一个新词

写

荷马在黑暗中写
但丁在天堂和地狱里写
莎士比亚在剧院里写
艾略特在荒原上写
里尔克在秋日里写
策兰在死亡里写
鲍勃·迪伦在风中写
而我和他们一起写
装模作样地写
无论写得多差
他们都喜欢我
未来的诗人们
在同一条路上写
漫长的一条路
写吧！写吧！
永远没有终点
当你写下第一个字
世界便亮了

谢颖诗 笔名著阳，北京师范大学珠海校汉语言文学专业大一学生。

谢颖诗的诗

寻隐者不遇

朋友啊朋友，我与你隔着深深云雾。
直到睫间的烟雨疏了又骤，松针簌簌落满襟袖，
松下小童仍道你在山中，
云深不知处。

朋友啊朋友，山中日月长，这般光阴怎度？
此地的松风清寒，卷掠入骨，
你指尖的山泉过于冷冽，你钟爱的野药未免又太涩苦。
只有远峰犹劈开腾腾的雾，
也孤傲地不愿和我的歌。

朋友啊朋友，你可知，
我入山时杏花已着满山谷，
霜林之下偶有鹤影婆娑，
夹道柔桑在春熙中颤动，
恰似我此刻的心房。

朋友啊朋友，我们再会吧。
我要下山去，那才是属于我的喧嚣。
你仍藏在深深云雾中不遇，
而我仍要回到尘寰中。

辛夷的诗

辛夷 本名张泽鑫，广东省作家协会会员、《粤东诗歌光年》编审。著有诗集《身体是礁石》，作品散见《诗刊》《作品》《诗选刊》《草堂》《星星诗刊》《中国诗歌》《诗潮》《中西诗歌》《散文诗》《广州文艺》《延河》《汉诗》等刊，入选《中国当代文学选本》《中国新诗年鉴》《中国年度诗歌精选》等选本。曾三度入围华文青年诗人奖，2019 年参加“花城国际诗歌之夜”。

致树木

我甚至可以预料到
树木将在她的回忆里重新打开
潮湿的鸟鸣，蜿蜒小径，以及
银杏舞动漫天金黄时，清晨的寂静

我没有任何隐逸之心
当我和她走进树林，眼前那片白雾
将我们连接到了古老，甚至简朴的
空间。而我拒绝白色的诱惑

当我们往前走，鞋子带出黏土
沉实，缓慢，像劳绩满日
我无法摆脱它，于是热爱它
我还得转身告诉你：枝条中有雷霆

原载《诗刊》2021 年 1 月下半月刊“银河”栏目

看到一株草想不起它的名字

实话告诉你
自从经过旧厂房
看到那株熟悉的野草
我就一直在想它的名字
在从前肯定见过的
这无疑是今天
步行的意外收获
只是失望，多于惊喜
是什么呢？长在这城市
偏僻角落的植物。我竟然动用
方言，在故乡的版图寻找
和它匹配的草木。当然了
结果一无所获
回来路上下起小雨
雨中
也有很多花草我一无所知
但这并不妨碍它们
很好地活着

原载《南方农村报》2021 年 6 月 12 日
“热土”副刊

玻璃

玻璃是一只巨大的眼睛
我从他人眼中
看到的只是玻璃的影子
玻璃的心是静止的
玻璃的内部没有火焰
我相信，玻璃稳定的结构
可以挡住风雨，玻璃的平滑
可以搬来星辰。任何讨论
玻璃的言语，都无法抵达
玻璃的表面。玻璃总是守着沉默
的方块，几何形陈列在
我视野之内。这工业时代的遗产
其实，渴望着被石头击中
它想从完整的秩序中逃离
它想在破碎中找到新鲜的自由

杨帆的诗

杨帆　笔名明经寺，现居广州。曾先后工作于湖南科技学院、吉首大学及中山大学，并从事大学英语教学工作十余年。目前为中山大学外国语学院英美语言文学专业博士研究生，研究方向为英美文学及批评理论，以西方乌托邦文学及科幻文学为主。爱好英汉翻译、小说及诗歌研究及创作，曾发表译作《帝国兴亡：古罗马帝国的六大转折点》（合译），参与广东省级课题研究一项、国家人文社科基金研究项目一项。

童年的百科全书

八十年代
我出生没几年
不再合法收税的父亲
揣着祖母给的五百块钱
在分社对面的三岔路口
办起一间南杂店
日子在坚守中走过
对父亲是平淡
对孩子是新奇
店里总是挤满
四面八方的客人
脱口而出的故事
沅江上游下来接桐油的辰溪水手
水陆双行推销牙刷的邵东小老板
肩挑扁担兜售绣样的踏虎卖货郎
变化的口音
新鲜的风物
有趣的杂谈
汇入本地的乡俗
编印成专属于我童年的
百科全书

一荷　本名何林臻，北京师范大学珠海校区 2020 级本科生，爱好新诗与词的创作，作品散见于中国诗歌网等平台和微刊。

一荷的诗

高贵

这里一片荒凉
什么都没有
没有墓碑
没有鲜花
没有标记
偶有飞鸟路过
但也抵不住难隐的荒凉

在夜晚的宁静中
在大自然深情的酣眠中
身旁的瀑布
用那一刻单调的落水声
敲打出某种悲伤和庄严

我站在他的墓前
眼前的一切都显得格外高贵

月亮的梦

为什么月亮敢一个人在天上发光
周围可都是空洞洞的眼睛
它从不会等看不清的夜过去
它要自己走出黑暗
当它挑动流云的裙摆
叶子便随波而动
挽着我的许愿花
在远处闪着特有的鲜红色
它会随微澜漂洋
捎着我的梦
寄到十年以后你的手上

朱泽礽　澳门大学中国文学硕士，现任职于广州图书馆。作品及评论见于《散文诗》《美文》《青春》《中华文学》《汉语言文学研究》《中国研究生》等刊。获第三届广州青年文学奖等。

朱泽礽的诗

入城

拾一朵纷飞的贝壳
遍园沙砾黝黑，望对岸微笑

牌坊尝过大风大浪
青烟，红瓦，黄灯
有钜记的浓香

那心中的白鸽已归巢
多么祥和，自然
小憩于大湾一隅

她怀抱，关乎繁华
以及热忱的筹码
多少温情斑驳
循着灯塔浅浅流淌

归人再游一次
还能踏入比镜海更宁静的河流吗

原载《澳门日报》2021年5月12日

高振霆的诗

高振霆 现就读于广东省佛山市南庄中学。中国诗歌学会会员，广东省小作家协会会员，佛山市作家协会会员，禅城区作家协会会员，南庄中学嘤鸣文学社第二届社长。作品发表于《诗潮》《中国汉诗》《文化参考报》《南方都市报》《佛山文艺》《天狼星》等。曾获得“小作家杯”全国校园文学创作大赛二等奖、第15届中国中学生作文大赛三等奖、《南方都市报》非虚构写作成长平台第十期征文佳作奖、2020年广东省中小学生写作大赛优秀奖、首届嘤鸣文学新星等奖项。2020年11月24日，获得由《诗刊》社指导，中国诗歌网和分享通信集团联合主办的十大校园诗人奖项。

阳光照亮了大地

先是照亮群山的背面
然后是草尖上的露珠儿
才是我身后的河流

最孤独的排场

当我走上群山
落日
是我的大心脏

我写诗给你看

内心也是窑
我只烧堂亮的文字
额头也是古灶
我只取我天真的部分制陶

熏黑的窑灶开始歌唱
烧红的内心开始造字
一缕烟的语法
将通过遥远岁月的尽头

来，你可以摸一摸
每一个字都烫手，小心啊

郭晶　湖南省长沙市中南林业科技大学涉外学院语言文化学院汉语言文学专业大三在读。

郭晶的诗

鸟岛

水汽凝结的荒芜之地，谁鸟鸣
颗粒物骤然缩聚。向着波澜不惊的青云中
缓缓彳亍的剪影

秋风降临前，潮汐移动——你用脚尖
试了试血管壁外
对称的水。一切的背景，旋转
褪色的字眼掷地有声。迁徙的五官里有冰冻的诗
被无数雌伏于羽翅下的冥想挪动，温润地
拂过树轮黧黑的栖止

所有的事物纷至沓来，垦荒者掌心的谷穗行将枯萎
弦月盛装的岛地，打翻了白霜
有人于光晕边缘徘徊
拾捡你额上
斑驳镌刻的化石
与尚未枯竭的水意淋漓

四月纸船

纵深处，深抵草青色的噩梦
一丛曳尾的杏跃上
僵坠的檐角，浮标苍白
鱼形幔撑开皱褶
那些逸失的脸庞于水面绕行
戏坊的槛杆筑起肿胀的雨

你捧在掌心的石头分拣甬道，对白内横穿的风物
无意目睹一场苦旅
栽倒于桥头的瘢痕取替了
庭子构陷的积水。扁塌的行囊
同体内渐隐的纹路
她们悄然沁出
猩红的缄默与肋叉之外麇集的目光

四月，末尾清冷
坚硬的暗面，湖水
在靛蓝中甄别了一切背景
言语立于屏风之上
我鲸吞我撇捺间趋于光滑的鳞
喉间落下一片春夜
与你眷写的浅眠平行

谣

青天皎月，夜撑着长蒿
在往事里，击节
遣送的七弦褪去满身的疏影
响起悬荡的尾部

她胸前嵌着两轨条纹烛芯
山岭凹进这次无边叙事

“玫色的耳廓、因懊热而盘起的长腿
在阶梯之间升腾、坠地”——
定是你于润湿的隐喻里为软风
所预想的环形背景
兀自离去的继承者们
把呼吸蹭进山腰、腋下盘踞的幻惑之水浮上韧滑的
胶状气息
再往前去，是一片皲裂
绿地献出的狂想曲在朦胧里深切
酿满荒野的多余

如今，续写不尽的片断
连同你掌中排列的云辗转入梦
燎伤山群。夜裹紧泛酸的衣领
于昏暗的音程上反复，迷途之人
燃点体内模糊而幽微的谣

南风辞

——“南风知我意，吹梦到西洲。”

点破断壁处湖水的卵壳
凝视，某种斑驳开始消退
泪沟中栽满的梅瓣
自落地之前，与我分摊腔体外
剩下的暗影

斜坐在幼小的听觉里
兀自粘稠一枚困兽的喉颈
它惶恐地捣碎，为梦所寄予的洲际

旋即抽离。你脊背上抛光的水滴
承接岸边最脆弱的部分
于波纹内隐遁的
回旋梯，折叠了南山。由黑至白
干瘪的尾部叙曲——
我所破晓的靡靡之音在双鬓
洇出一筐琉璃
记忆碎银般砸落窗台

你在裙裾守候唇边的乌桕
行进的流水、青苔在身影内
不断切割缄默的袖口
晚霞失血，鼓点自梦中而来
忽有笛声低吟，孵出我耳边未名的季节
一缕烟雨至岸边升起

林凤燕的诗

林凤燕　就职于广东省陆丰市人民医院，创办本单位院报《陆医人》并主管院报至今11年。2017年广东女诗人高研班学员。作品散见于《作品》《散文诗世界》《青年作家》《羊城晚报》等刊，并入选《中国诗歌2019年度民刊诗选》《青年诗歌年鉴（2018年卷）》《关雎爱情诗·2015》等年度诗歌选本。现居广东汕尾。

备忘录

这些年从身体剔除出去的
有不满意的体重、长发及腰
多余的情感和无穷无尽的欲望

我的女儿也是
从我身体里移除出去的
一直尝试做减法

记住了这些数字、长度、名字
路过的风景、爱过的人
冷漠石头下的灰尘

以备遗忘

原载《散文诗世界》2021年11月号

星空是一张脸的模样

琐事烦扰时，径自游回十八岁
那年我数星星，摘花瓣，读古书

人间深浅，尽收指间
没有贪恋的气息。头发太长是唯一牵绊
一切烦扰，都能在梦醒时分被忽略
那年，所有面孔都是星空的模样

农苑　现就读于北京师范大学珠海校区 2020 级汉语言文学专业。

农苑的诗

夏日的童话

阳光，长夏，茶水映出脸庞
蝉鸣，蛙嚷，晚风吹拂衣襟
夏天总是太短太短
键盘上传来的敲击声
屏幕上出现的课堂音
朋友圈里的校园
在深夜潜入我的梦里
夏天有时又很长很长
冰凉的甜筒
熟透的西瓜
湖水把阳光变成镜子
它们微笑着
诉说夏日的童话

罗双盈　广东省佛山市南庄中学学生，小作家协会会员，佛山市禅城区作家协会会员，嘤鸣文学社第三届社长。作品散见《少男少女》《文化参考报》《中国汉诗》《天津诗人》《天狼星》《佛山诗坛报》等。曾获得佛山市中小学生现场作文比赛二等奖、首届岳秋杯嘤鸣文学奖入围奖、第二届岳秋杯嘤鸣文学奖二等奖项。

罗双盈的诗

神秘的一个人

风吹动一扇门
发出吱吱声
我被骗了出去
无奈，只好与虚无打招呼

瓷蛙

茶盘上的青蛙
永在蛰伏
一动不动
却守猎了永恒

小镇大雪

大树像一堵墙，挡住了
一部分朔风

几户人家，镶在
雪地之上
炉火在栏栅后，仍坚守
家人的一片欢笑

小镇大雪
外面，雪仍在下坠
我与家人仍在炉火旁
烤着，聊着
这世界仅存的温情

秦澜　本名秦瑞桉，广州市第八十六中学语文教师，系中国诗歌学会会员、广州市作家协会会员、民刊主编。有诗歌、散文发表于《中华辞赋》《星星》《绿风》《中国诗歌》《江河文学》《椰城》《奔流》《佛山文艺》《2020中国诗歌作品榜》等百余种文学报刊及选本，曾获“大沙田放歌”——第二届东莞市诗歌大赛优秀奖等二十余种奖项。

秦澜的诗

苍城记

借人世的夕阳，渡风的飞声
青天在黄昏下摆渡闲云
一些春潮带雨，簇满烟桥
东风如故，依旧误入了小楼
在苍城，雨声来作成群的低咽
清明是河边的絮苇，佝偻模仿老去的身姿
那些群山里的连巢，黄土松软
偶有目光遇雨，偷偷探向泥土外的高天
还有隔岸的灯影，当雨水
敲出墙根的日月，每一袭都默念着久远的乡音
而这个黄昏，时光轻遣，有声
再一次叩进晚院的轩窗
我似乎看到
一个少女，她如帆的视线
又从水光深处，悠悠地
驶了出来

陈航 现工作于中国人民解放军联勤保障部队第928医院，生活于海南省海口市。海南省作家协会会员，有作品见于《诗刊》《星星》《飞天》《中国诗歌》《诗歌月刊》《扬子江诗刊》等刊，曾获第六届徐志摩诗歌奖、北京大学第十二届未名诗歌奖、南京大学第七届重唱诗歌奖等。

陈航的诗

热带雨林

常年多雨，且暴雨
食啃危险的荒凉，草木疯狂生长
人类起源于此，热爱神秘
雨直立行走，我们模仿
像某种未知被抵达
命运教会我们捕鱼和锻造自己
雷声越大，掌声就越大
丛林里有鹿鸣，也有狮吼
这可爱又凶猛的面相
教给了我们冷静
嘿，窗外大雨磅礴
你在屋内，别关门窗太紧

原载《扬子江诗刊》2021年第1期

删除

你消失，作为一种孱弱的语言
不再出现于我唇齿的走动。避开你
成为我日常的任务：校园的回廊
是你的必经之地，我将不再途径那
删除你，从每处生活细节中删除
就像大雪覆盖掉失败的秋天
就这样吧，我安排自己淋场雨
谨慎眼泪的再生，而坠入暮色
阅读吵闹的情爱，我似乎熟稔了
月色的冷色调，不再幼稚
听我说：不要为了减肥而挨饿
天气发凉，记得多穿点衣服
不要踢被子，暴露在孤独的回响中
我写下群山离宿，飞鸟拒绝星空
亦是删除，将自己弃置于绝望里
这样写着，雨水淋湿了我和我的风景

原载《诗刊》2021 年 6 月号

张道中的诗

张道中　北京师范大学汉语言文学专业2019级学生。好古意古法，好古道热肠，好仿古不得。好阅读，好动笔，写的东西多数自娱自乐，也发表过多篇中英文学术论文，并参加多次学术会议，说过一些艾略特、庞德等人的诗歌片段。

山岚

云的将军和汽的白马
在冷雨夜集结
目标是涟漪和他的生父
湖泊
总攻令下达时
一阵清风吹来
轻飘飘地吹散了水雾

夜光纵队

那里，棉质的山谷和机场里停着钢铁四脚巨兽
人工造的炽热太阳接替恒星闪烁
他倒在山腰，山岚缭绕，似有道观
闭眼之前握紧四脚兽的钢铁外皮，
宙斯试一试自己能否抵抗“宙斯之盾”
九百公里外的某个亭子
被洗劫的枣树上天生耷拉着十一维宇宙
那是他小时候陷入过的跃迁虫洞
在夜光纵队的掩护下
跳入梁山泊

那里，他披上奥林匹斯山的织金赠袍，打开果树的赠礼
发出 001 号文件勒令第一头脑中心真理部
缉拿在逃思想犯和自己
钢铁四脚兽被空气玩弄
一个人拿出枕头下的零食，发现四支夜光纵队抵达
做梦联席会议决议在马拉松平原举行会战
在蒙娜丽莎剃掉第一缕胡子的时候结束
可以放宽到吃掉最后一个煎饼的时候
也可以提前到锂合金不再在非水电解质溶液里跳动的前一秒
于是某篇论文开了个卑微的头
等待一个更加低贱的公器
夜光纵队凯旋而去

这里，夜光纵队被明夜击溃，预订明天 A 号床官方报纸头版
全军覆灭在第一天的创世纪
士力架巧克力和百分之七十的可可脂溶解在棉纱山谷
某种秸秆的转世固定在栏杆之内
炽热太阳被如水夜色掐死
四支纵队四散逃去，假死的人心中庆幸没有“第五纵队”
机场起飞的思绪万千发现触手所及之处
只有一床闪光死寂
没有人在明月色里沉睡
每个人都在夜光裹挟里假寐

陈居客的诗

陈舒讯　笔名陈居客，现在湖南省湘潭市湖南科技大学学习，平时以写诗为兴趣，多以一时的灵感为起点构筑整篇诗歌。

春夜

桃花落满了小岛的中心
千年的孤月给夜以清寒
岛上的湖，湖上的岛
我浅浅泛舟，把月光饮尽

春日的熏风吹不尽水的心神
即使摇曳，也会归于
思想的间隙，最初的平静
我浅浅泛舟，把月光饮尽

夜云借来了天的颜色
足够抹去
月的柔肠，水的清澈
将小岛推向暗的一侧
点点渔火，照彻心神
腹中的月光，只等

我张了张口
我望向湖岸
夜云在哭泣
把夜色变成了琉璃

郭梓坚　就读于广西外国语学院，现居南宁。

郭梓坚的诗

老白

老白，已经三百二十一天了，在那个小坳，
从那条破败的小路中钻出来，一定很累。
两拳相抵，同尘泥亲手植下山楂树。
看它从泥坊长成砖房，长出我俩抵抗的心。
伸出的手尚且年幼，甚至握不住伸出的情绪。
十一岁时猫儿山塌了，房屋和人都迷惑地倾倒。
堆放客厅的稻谷因此发霉，蔓延湿漉的气味。
你躺下的地方，也躺着抚育你的先祖。
我想我看见他们为你披上旧衣，
最后再帮你看一眼恐惧了一辈子的电线塔。
那个斑驳的巨人，你曾以为的顶天立地，
恰好正值年轻，捶背老人带来的厄运扑了空。
我不敢肯定幸或不幸，
如今都不在了，让我们放下结束曲。

老白，你还记得吗，深山发生的事，
有乞丐敲碗来探，你担忧的亲人却奋不顾身。
望着闭门的四周邻舍，
那些画面为可怜人在你心里破开了一道入口。
此后十五年外面的世界竭力替你修补，
可是还忘不了山楂树。

可恨的一山一树，我们明明可以沉溺在顺流里，却被逼到偏执去。
若是再来一次，我必定只为了你，不顾可耻也向它们寄出恶毒的长诗。
但实际的我们如此胆怯，自幼害怕山林中的野人。
在摘走杨梅归家的路上，第一次与发怵的黑影相遇，就着小雨，
虫鸟都诉斥它的野蛮，但你看见人的清澈，
中了乌云的定身术，任由它的手按住肩膀，
本应飘着的魂儿就一辈子按在了那。

老白，你的眼底也是同样清澈，像母亲洗衣的小溪。
为此，我搬进你的眼睛，在厮杀长境，相约从今天开始目盲。
拖拉机、矮凳、泥田和乡亲都不见，把它们交予直觉，
给方寸生活图景照相，昔有爱人误解成每一天。
我想让你感受山外雨，但你只是被淋湿，
活成潮湿里倒立的雨伞，装全了生活的苦水。
你追的家乡，只存于我脑海里片刻的记忆。
我们都是软蛋，一次溺水后就永远都不敢跨过那条小溪。
老白，从今后我就是你，拥有的亲人和土地都相互啜泣。
我所感受到的是你的悲伤吗？

王钰婷的诗

王钰婷　就读于北京师范大学珠海校区中文系，兴趣方向为中国现当代文学及儿童文学。

春

樱花在地铁口盛开
猫在树底伸懒腰
只一层阶梯
就能给你拥抱
我说，好久不见
你没说话
给了我一瓣春的樱花
和
一个春日的微笑

秋

等风吹下落叶
等白昼渐短
你才发现
秋到了
卷着思念
和满怀眷恋
似南飞的大雁
秋天，就这么到了

冬

太阳在坠落
人间依旧辉煌
世人在倒数
数三二一
和新年的第一道曙光

甘丽琼的诗

甘丽琼　广东省佛山市顺德区世纪小学英语教师。华南师范大学教育管理学硕士。佛山顺德区作家协会会员。长篇小说《学困生》由江西高校出版社出版，获得江西省教育厅“暑假读好书”推荐书目提名。获得顺德区“百姓学习之星”称号。

撒哈拉随想曲

三毛爱着荷西，
走进了撒哈拉沙漠，
黄沙漫天，
荒凉，
寂寞。

我爱着三毛，
来到了撒哈拉沙漠，
红日腾空，
饥渴，
焦灼。

沙漠的边缘是大西洋，
海水卷起细沙，
蓝白相间，
惊艳，
广阔。

大西洋连接着直布罗陀，
汽笛响彻海湾，
烟波浩瀚，
壮观，
磅礴。

说明：2017年夏天的摩洛哥撒哈拉之旅，充满了传奇色彩。也许这就是最接近三毛的方式。

李文豪的诗

李文豪　北京师范大学中文系学生，福建厦门人。诗歌创作多自物感发，吟咏情性，崇尚情感性灵的刹那奔涌。以王国维之“现量”为创作之法则，在“此地、当时、本心”的诗性空间中努力探寻，书写自我的生命历程与情感体验。

筝

风将白丝托举给黑夜
线上的鸢
夜空中腾跃
星河间盘旋
倏尔不见
化作白线端的星点
空天与地的牵连
将丝线绕于耳边
松紧间
回荡天地的和弦
风撩拨着独有的线
光影流连

将白丝轻剪
亦了却心间梗塞的结

天上的鸢
舞出
绚烂的圈
傲然立于
山海月前

王冠靖 广东省佛山市顺德德胜学校高二学生。

王冠靖的诗

一颗流星

一颗流星划开黑色的天幕
带着绚丽的光亮
城市里的人们安然酣睡
积聚在一起的天文学家们
感叹着流星之美
而森林里的动物们
在四处逃窜

范洺瑶的诗

范洺瑶　广西师范大学文学院2019级汉语国际教育专业本科生。

致好友

四周寂静又沉闷的夏日夜里
偶尔传来的狗吠声摆动钟针
欢愉打闹陪伴过后落寞孤寂
可甜蜜的时刻已逝永不复返

我不明白我真的真的不明白
我脑海里一片混乱毫无头绪
像太阳一样的你却离开我了
只有我自己的影子来回走动

假如我能记起昔日种种乐趣
不知能否向我诉说你的近日
我不信爱情会慷慨大方回报
我只求友情能永远双向奔赴

当夜里的人们都已进入梦乡
为何夏日我的眼泪滚烫炙热
午夜时分将我拉进深渊谷底
我向这个世界和你说声晚安

我的思绪在追逐愉快的往事
我曾在那些回忆里找寻幸福
你要是还在我身边该有多好
这些风定会因你变得温柔

何钦倩　广西师范大学文学院2019级本科生。

何钦倩的诗

天空空的

傍晚七点
天空空的
除了一弯钩月
什么也没有
后来我一转头
月亮也没有了

苏逸兰 广西师范大学文学院2019级本科生。

苏逸兰的诗

纯白色

这好像是我第一次错过故乡的雪
还记得冬夜里昏暗的路灯，忽明忽灭
克制不住地想念那座四季分明的城市
永远都会按时到来的春天和秋天，
就像总会降临的曙光一样珍贵无比
——病房外相隔千里的故乡下雪了，万物纯白

陈永琪　广西师范大学文学院2019级本科生。

陈永琪的诗

暮光

你的爱意，
为何像这太阳一般，
起起落落？
你有意将落在我身上的旭日的微光藏起来，
铺在我脸上的，
却是毫无生气的暮光。
你的双眸，
不再只是投映着我，
你的心意终究是分给了别人。

第七辑
东北地区青年诗人

孙丽萍　于哈尔滨工业大学攻读理学硕士学位，目前居住于黑龙江省哈尔滨市。热爱读书，喜欢写作，在心为志，发言为诗，充满着强烈的表达欲望。

孙丽萍的诗

地球上最后一只猛犸象死于情伤

如果我在太阳攀上地平线前醒来
彳亍冰川世纪踏雪不陷
上新世的隐退只在迟早之间
你的来临是另一场瘟疫未散

你说我优雅持重，将水雕刻成星星
只是需要我的牙齿作为药引
整个灵魂都给你
连同无用的优越感，阴晴不定的孩子气
全然不顾你心中那只布满玫瑰的狐狸

蛰伏下来化作朽木
你的眼神射过来就钻出一团火焰
钻木取火，殒身都如此古典
哦不，如此史前
你眼中是我从未到访的雨林，波光潋滟

你如蠹虫入我后脊骨髓
夜夜啃食夜夜笙歌
为你献祭我甘之如饴

你说我是犯罪，是违天条，犯禁忌
原谅我好么，我还没来得及学会爱

我在破晓前醒来
看到细雪如黄花如我灵魂纷纷飘落
看到地球上最后一只猛犸象死于情伤

魏萱　笔名薄桜。现就读于吉林大学文学院，作品见于《江南诗刊》《PLS 诗验室·2021 冬季刊》《吉林大学校报》等。

魏萱的诗

死水

不能停下
一次走出沙漠，望见还有一片
还有不知多少片
尽头是否就是沙而没有海
不久烧灼和吞没

以为自己远了，然而它又逼近
以为自己近了，它却又滚远

每天，都有一只鸟在细颈瓶里投入沙砾
以为满了，以为快要裂开
玻璃凭空生出肠衣般的韧性，薄如纸巾
扯得神经屏息：期待一声清脆的响
撑不下去的终于不必再撑
溢不出的终于能够流散

每天，那只鸟在黎明破晓飞来
它的喙鲜红若杏，尖利的足轻轻地
抠着瓶壁，抠出血来

空想

时间像盐，融化在肌体
剩下我们凝望的眼睛：
月升日落，记事本上昂扬的惊叹号早已
弯曲如镰刀，叩问来处与归返
沙漠还是待垦的荒地，曾坚信
必须追究一个未来的清晰答案
但生命不能精确如天平，区分出
黄金或者铜锈，推开夜色的旅人
蒙眼洞悉辽阔，尖草吻别破旧的
义足，等待手杖化作桃林，躯干
变成比光阴更深的海，旱地生泽国

吕周杭 现就读于吉林大学，居于吉林长春。作品散见于《诗刊》《星星》《飞天》《诗歌月刊》《绿风》《青春》等，曾获首届公木诗歌奖，第三十八届樱花诗歌奖。

吕周杭的诗

有

有很多时刻，语言是缀余
比如你在厨房煎蛋，油点滋滋
与电视上无聊的肥皂剧
沙发上悠闲的我，一起冒泡
你要大声地吼我，音调像你从前的高马尾
把我提到饭桌上，像把我
从摇篮里轻松地抱起

就这样每日晚饭
像散步与拌嘴，我们永远一起
也要有太阳在天边的灶沿，磕碎
如一枚普通的蛋
我知道，那是另一个母亲的讯号
用日复一日的苍老
唤回疲惫的白昼与群山

原载《青春》2021 年 12 月号

数次七巧板的拼接后
静止的，我们的视线
渐渐交叉出微妙的几何
所有都在打开……未知的礼物
一如火柴擦亮的瞬间
仿佛你习得了欣喜的释然

原载《诗刊》2021年7月号

清水湖

光瑟瑟地落入，像低空的滑翔，
呼吸的序，自由驶入空旷的候车大厅

走进这里时我们也变得扁平，
湖水是不断下潜的二维空间

应和鱼群低频的呼唤，古老的词句
电波般导入我们年轻的头颅

犹如一段弦乐的小滑音
你短暂地冒充垂钓者，放松
时间的钓饵在水流的推搡中变幻外壳

此刻你的眼底也乘满新水，
决不轻易摆尾逸去

原载《诗刊》2021年7月号

围炉日记

围坐是温暖的，热流
像力缀在感叹的结尾
跃入生活的凹陷
这个寻常的夜晚
疲惫也有羞人的可爱
在造物的火炉前我们熟练地诵唱
足够远的水，永远流动不息

至于未知之地的靠拢

王振宇的诗

王振宇　吉林大学在读本科生，生活于吉林长春。笔名子渊，热爱文学创作与文学交流，现担任吉林大学朔风文学社创作部部长。

雪日

也许，他并不在天山
或是极北的冬国
所以灯亮了一宿
在宿醉的呓语里
梦见深蓝的长颈
他戴上，石青点翠的冠羽

清晨落下啄木鸟
酸枣，僵冷的肩胛和后脑
于是昨夜晦暗不清
覆盖一切，化为乌有的雪
昏聩如窗前，永远灰白的小城

桥的不安，源自仰视的涣散
试图俯身拾起，对这座城的憧憬
时间之螺遗失了，如波纹
被凝固的河。鸟雀岑寂
于柏树的墨绿幕景里
我只听见簌簌的白
落满无声的松枝，落满了河

在前一个雪日开始下沉
我想我该等候
一个万物生长的黄昏

艾孜再阿依·卡德尔江 维吾尔族，大连大学在读本科生。

艾孜再阿依·卡德尔江的诗

无题

我打碎了夕阳
也揉碎了月光
映出父母苍老的脸庞
两鬓微霜
容颜暗黄
令我百结愁肠
我怨恨时光
无情刻下额头上一道又一道沧桑
我背上行囊
走向了打拼的远方
渴望如大鹏扶摇直上
没承想
生活仍旧黯淡无光
披荆斩棘
乘风破浪
我有了闪光的理想
而父母却黯然退场…

李子锐的诗

李子锐 山东莱芜人，山东青年作家协会会员，目前就读于吉林大学。曾出版个人诗集《青涩的桅杆》《悔意之灯》，曾获首届零零国际诗歌奖华语诗歌奖、公木诗歌奖。

水草之下

他们画出终止线，沉默的冰层。一滴
又一滴。未洗牌的长篇大论，羊水啼哭
在指甲中压平——悄无声息的钞票
若不愿陪时间破碎，学着变成雪

由黎明始发。拖拽痛苦的水纹，汽笛声
伴奏灰色的星，与山岗木屋的呜咽
在落寞的餐桌中，吹来微亮的雄性之风
啤酒花、半截烟草、两周没洗的短裤
闻不到的憎恶，照在你未寄出的信上：
“颁来手示，诵悉一切。”
似冬季旭日般干燥

人群把你挤入海面，在水草之下潜行
失踪的星期里，习惯被太阳烫卷
沙砾从伤口游向骨头缝
拿赤血修补船桨，枪管射出白帆
你掌舵时，世上便没有罗盘

学着变成雪，在餐盘上，在两块钱塑料花中
母体的学习与清醒的迷失间，融化成细流——
在老掉牙的春天，没什么剩下的，也
没什么好哭的

刘达毓　笔名船子，目前就读于延边大学。作品散见《星星》《青春》《散文诗世界》《中国青年作家报》《中华文学》等报刊。获得第十一届双十佳诗歌奖提名，获得第七届青春文学奖吉林省十大校园诗人等称号。

刘达毓的诗

南国的雪

一条河，从北方往南游
中途改了几次姓名
临近干涸便停下脚步，尝一尝
沿岸的烟火
它有着候鸟的脾性。温顺，木讷
如一具等待废弃的公共电话亭

有时候它会怀念家乡，就变成一朵云
随风北上
靠一些乡音，靠一些星星
才不至于错过大雪覆盖下的黑土地

雪啊，南国的雪
纷纷扬扬，飘落在黄浦江上
而它朴素地保持着一条河的本性
带着簌簌的雪花，融入梅雨的温润

傅万泉的诗

在抚顺雷锋纪念馆

在抚顺在雷锋城
我以无比激动的心与心情
凝视一个永远微笑的青春面容
我一次次步入他的纪念馆展厅
一座共和国的丰碑巍然耸立
一个普通但伟大的士兵精神永恒

尚未远去的岁月跨越时空
我始终是崇敬的心与心灵
追寻着他光辉的足记
我一遍又一遍地用心来聆听
一部日记里金子般的语言与心声
一颗螺丝钉拧在哪都发挥作用

就在身边，就在心中
永远的雷锋永恒的雷锋
我的身体连同思想
在心灵的震颤中洗礼自省
有一种信念是全心全意奉献
有一种人生是无限的忠诚

原载《当代诗人》2021 年 9 月号

开河的时候

北方的早春
我翻阅一叠旧信
泛黄的记忆连同生命里的河
那条河不大，它蜿蜒绕山
就像我和故乡重新相逢
再活一次

在风中一望无际的蓝
渐变白，所有
都跟我们一样站在河岸
吹走一支笛子
把整个春天打开

它一定渐渐地融化
就像我一样骨骼铮响
踏步在故乡大地
生怕，惊动地下的祖先

在辽西湿地

一定是灰鹤
翅膀在时间影子上
把天地划过一遍，又划一遍
在辽西的芦苇边
眺望广垠的栖息地
要多少飒风才能
吹倒一个人的灵魂
为此，我静听车马
宣泄的人世间

王文轩的诗

王文轩　辽宁抚顺人，目前在北京某软件公司工作。业余时间喜欢写作，曾在起点中文和 lofter 上发表过小说，有诗歌作品被收入《新世纪抚顺诗典》。

迟春

一

燕子晚来了几个时辰
诗人拿着笔
草草写了一段
脚印不是我们留下的
可巨人却从来
默不作声

春天的风往往不太温柔
燕子站在风中
诗人紧随其后

二

叽叽喳喳的低鸣
心脏的跳动和微醺
左小指不经意间的颤抖
羽毛舔着墨做的涟漪

孤独的狼望着的半空中
骄傲的太阳光和幽美的星光下
燕子抱着泥土流过的河

诗人身侧，顺着青石焚起的香
沾了血却锈得写不出字的笔

听，春天和它最拿手的曲子
不经意谱出的爱
三两片变红的枫叶
逃跑的公主
被拥趸过后的平静，和
一本满是灰尘的书

三

泥泞的小路弄湿了我的鞋
抱怨着麻烦的仓子
谁愿去做那些无趣的决定
冲不开心挥了挥手

叶子都争着给脸上涂些颜色
老树蠢蠢欲动抬起了头
刚落地的花瓣被碾个粉碎
你说，是不是
都怪这春天姗姗来迟

四

因为平庸和内心的胆怯
很难融入这繁花的春里
像一条忘了苏醒的蛇
河流在树林的左侧
阳光，也是

随若熙 女，90后，文学硕士，现居沈阳。

随若熙的诗

我那条红色的裙子

我有条红色的裙子
孤城里锁着朵千年不败的花

眼里满是星辰的女子
艳丽的裙摆不断衬着枯裂的地面

午夜里的红色魅影
藏在裙下，白皙光洁
在这片传统又古老的领域里
像神一样被信仰

随风曼舞的红色
婷婷袅袅的孤城

午后微斜的光曲折着视线
歌声触手所及却成波纹状消散

一个红色的我
转过身就能望见

相遇

相遇总在不经意间
抵达。那些不起眼的
物件，一帧一帧地清晰。脑海
反反复复地，不厌其烦地
刻录、清空。又被重新鼓动

昏暗房里的第一缕光
久旱田野的第一滴雨
初冬天空的第一片雪
是我愿意纪念的
不停奔走，不停相聚，不停离散
不停拥有，不停失去
是生命最喜欢的告别式——

异乡的月亮很圆

第一次在异乡的夜色下
咬了一口象征团圆的月饼
星点的灯光模糊了视线
我需要在不同的语调中
努力回忆家里的滋味

月亮很圆
斑斑驳驳的阴影
沿着树枝倾斜
银辉不断下坠
昏睡了世间万物
还有固执跳动的心

孙囡囡 目前就职于辽宁省盘锦市兴隆台区曙光街道新华社区居民委员会，现居辽宁盘锦。

孙囡囡的诗

奋斗者

你
在创新的大道上步履不停
你
用汗水浇灌生活的热情

你
用铮铮铁骨扛起民族的使命
你
用义无反顾的背影守护万家灯火的安宁

你
燃烧青春
把黑夜化成最美的黎明

史进之 浙江大学本科毕业，现在香港大学攻读硕士学位。

史进之的诗

改变

我搽上迷香的胭脂
剪短万千长发愁丝
踏上一向讨厌的舞鞋
收敛大笑时争先露面的颗颗牙齿

我学会如何摆放提裙的手指
学会对种种难言微笑不语
我学会将我与你潜藏于首首
无法完成的被搁置的诗

我在镜子前转个不止
不知你要的爱人
是否便是如此

你说如此
是否便是
你本爱的人已不是你爱的样子

礼物

月亮的光影爬上最后一扇窗户
我小心刮下一角
屋内的尘土也瞬间照得剔透
你的粗眉扔挂着霜雪
扣响了我的小屋

你的脸庞也闯进清秀
如水波粼粼清纱拂动
你胸前悬的指南针不安地颤抖
眉上的水滴渐渐消融
你从哪来不如留下
壶中的月亮已煮到恰好的温度

你说你只迷了方向
可否借走我的月亮一用

今夜
无月

任澳　现为渤海大学在读本科生，居住于辽宁鞍山，热爱文学，崇尚“文章合为时而著，歌诗合为事而作”的文学理念，诗歌不仅是个人的情感表达，也应体现社会理想。

任澳的诗

玫瑰献祭

百年折枝断臂
勇敢顽强
历经寒来暑往
秋收冬藏
可爱，可爱
想来已然名贵

却不曾想
暴力言威
将傲骨敲碎
可叹，可叹
竟然只是假象

是谁坐明堂
是谁远风霜
是谁在恶语相向
可悲，可悲
原来我们不是同类

说她有罪
说她太过明媚

说她居然敢挑战权威
可笑，可笑
原来漂亮也是罪

眼见日色还长
不急去暗思量
可惊，可惊
可曾想
死去那一晚
坟头已洒满月光

潘洋 就职于黑龙江文学院，现居哈尔滨。

潘洋的诗

生门

他蹲在墙根啃指甲
望着玻璃上不知姓名的黑点
周围除了白，还是白
没来得及听到一声啼哭

千里外
村民把装了几千张毛币的麻袋
抡到肩膀上
寻找着传说中的死神

巨额的债务冲散了漏满阳光的房子
没有人问问，她跨过那道生门时
疼不疼

声音

有些星，被上帝亲吻过
从诞生起就被流放
萎缩的左腿，左右摇晃
朦胧的嗓音便撒了一路

他们手舞足蹈地说着
轻盈

不过出发时
同母亲多拥抱了一分钟
他们就永远失去了声音

朱宁的诗

朱宁 辽宁省抚顺市人，现于辽东学院学习。

导航

月尖儿指的地方
直达心房
或许
那也叫做家乡

我

我是精致的橱柜下面
被遗忘的半袋垃圾
从高空坠下的苹果
在雨后腐烂到泥土里
窗檐上的水滴
滑拖出一道水痕
然后抹去 拧干
冲淡在阳光的喧闹中
是太格格不入的云
僵硬厚重风吹也吹不散
遇到冷
却连绵十二月都不停
拥趸人间

吴言　中国诗歌学会会员、辽宁省作家协会会员、本溪市作家协会副秘书长。在《星星诗刊》《诗潮》《鸭绿江》等发表诗歌作品；出版诗集《在工厂里写诗》；有作品多次入选全国各类年度选本。

吴言的诗

轻舟已过万重山

——读李白的《早发白帝城》

没有一只船是苦渡的，两岸悬崖扶着
烟色，隐遁在三峡之上
急切的江水把猿啼冲淡。我的思绪
被浪花旋转，一生的忧伤
不够被鱼群带走。一片片泥印
不够被船歌淹没，当我愿做一个渺小之人
群居和形单影只又如何
只有乡愁是最难割舍的
我经过江陵，纵横的老泪，各安天命

没有一只船是苦渡的，清风、草木、飞鸟
是由西向东的，包括消逝的飘飘荡荡

落花时节又逢君

——读杜甫的《江南逢李龟年》

我赤脚走向花海，唐突地赶往
春天，将得到的光用尽
却无法缓释橘子洲的草木
好在，浮游于世，我在且行且失中

遇到故人。眼眶不湿，我寄生于
三月的山河之间，一人归途
一生微不足道，一个时辰
教风走出野径。在香气消散的时候
车辙印不得而知
春分不得而知。只有每一片叶子
记得萌动和蓬勃

渐渐走向花海，无需谁去粉饰
世界，我借无限的绿承载乡愁的新鲜

独出前门望野田

——读白居易的《村夜》

和我一起抚摸荞麦的还有月色，我
像稻草人一样站在田埂里。留意周围
幽暗的温度，以及所有和土地有关系的事物
有人说，生长最能体现光阴之美
秋天了，我为什么要吝啬赞颂
不断更换胸怀，成为另外一片开阔地

门开着，一垄地就是一条生活的分割线
只有风混丢了故乡

肖千超　吉林艺术学院戏剧影视学院表演系2020级研究生，在《诗刊》《诗选刊》《作家》《作品》等杂志发表过作品，诗歌入选《2012年中国最佳诗歌》等年度选本。诗集《逆光之旅》入选21世纪文学之星丛书。系中国作家协会会员，曾获第十届深圳青年文学奖，第二届吉林省大学生诗歌节一等奖等。

肖千超的诗

你是我最真实的信仰

母亲房间的门开着，我听到她均匀的呼声
依然是午夜，我轻轻翻开诗集的下一章
不可否认，在风里雨里摇晃了大半生
她已经老了，似艰难地行走在沙漏里

此刻，一个能触摸到的真实就是
她睡在那里，我的心安静下来
活着的日子，我需要时常看着她
因为我们都会被隔在永恒的两岸

我的母亲总是沉默，保持优雅的高贵
可我想把她捧在手心里，我想把她带在袖口
有那么多大路在前方等我
她在，我就不会有客居的感受

我的曾经美丽的母亲，你是人间最洁净的词语
我少年时代全部的记忆，浸染你仁慈的目光
活着的日子，你是我最真实的信仰
在每个归家的日落或清晨，还能叫一声妈妈

徐向南的诗

徐向南 毕业于辽宁大学中文系。大学时代开始写诗，诗歌等作品发表于《鸭绿江》《诗潮》《中国诗人》等，入选“诗探索年度诗选”、《南方都市报》“90后诗人大展”等。现为策划人、编剧。沈阳市作家协会常务副秘书长，沈阳市铁西区作家协会主席。

围城

言语之不得
视之所见
鱼，成群
从一扇门进入另一扇门
门，无出路
死即是生
城，两扇门之间距
生即是余地

高峰

早七点三十分的公交
就像两片涂了过多果酱的切片面包
挤压在一起
每一颗果酱粒子都在努力生长
好像拼命踮起脚尖
便能越过了高峰

于北溟 渤海大学新闻与传播学院大二学生，辽宁大连人。诗歌《我的中国》发表于《鸭绿江》杂志2021年第10期，荣获辽宁省高校学生“继承传统 面向未来”诗歌征文大赛一等奖。

于北溟的诗

我的中国

小时候，妈妈带我看中国——
江南小桥流水、杏花烟雨，
塞外长河落日、大漠飞歌，
我看到一个幅员辽阔、美景如画的中国！

长大后，老师带我读中国——
诗经里的中国，惊艳千年，身姿婀娜，
史记里的中国，兴衰更替，恢宏磅礴，
唐诗宋辞里我读清雅的中国、婉约的中国、豪迈的中国！

悠悠五千年，中华文明如璀璨星河——
四大发明，世界人民仰望中国，
儒道法墨，智慧思想结累累硕果，
我在历史文化的长河中，回望浓墨重彩的中国！

也曾被列强入侵，也曾积贫积弱，
无数中华儿女用生命扛起民族兴亡之责，
“国破尚如此，我何惜此头”是中华图存的呐喊，
“我以我血荐轩辕”是民族不屈的战歌！

驱逐列强，还我山河，

世界的东方，屹立起一个崭新的中国！
一个饱受创伤、百废待兴的中国，
却是一个民心所向的中国，一个挺立的中国！

两弹一星、神舟飞船，世界瞩目中国，
中国天眼，使迢迢银汉宛如咫尺之隔，
杂交水稻，让世界人民从此远离饥饿，
我看到，一代代华夏人砥砺初心，科技强国！

庚子岁首，新冠肆虐，全球人民遭疫情困厄，
举国上下，火速集结，与病毒拚搏，
驰援荆楚，严密防护，援助世界，
我看到一个尊重生命、宽广包容的中国！

改革开放，与各国友好相处，谋求互利合作，
“一带一路”，坚持“共商、共建、共享”原则，
把“引进来”和“走出去”更好地结合，
我看到，一个海纳百川、开放发展的中国！

坚持绿色发展理念，共筑生态文明之国，
我看到，一个可持续发展的中国！
坚持“五位一体”，构建“人类命运共同体”，
这就是，我的中国！一个大写的中国！

魏爽　现就读于辽宁财贸学院。

魏爽的诗

蚊子君

你光明正大地活在夜的天堂
我的血液是你的蜜糖
你向我炫耀嗡嗡作响
不知你弹奏的是哪篇乐章
我无比慷慨，你风流倜傥
梦里的一滴血红了一面墙
我以为是山中魍魉
静坐帷帐中心痒
愿你明晚带着灵魂孤自去流浪

写给宁宁的诗

如果你想冬眠
我会攒一千颗松果
不让你饿肚子
如果你想冬眠
我会把我的被窝给你
任窗外冬风阵阵
如果你想冬眠
我会在玻璃上哈气
轻轻写下给你的祝福

如果你想冬眠
我要躲起来
像春天躲在冬天后，星星躲在月亮后
如果你想冬眠
我会点一盏小灯
然后独自酝酿一场翩翩小雪
如果你想冬眠
我会堆好雪人
等你很久很久
等春天来
等燕子呢喃
等你睡到自然醒
带你出去看看春天的斑斓

王子昂　渤海大学新闻与传播学院2020级新闻学专业学生。有作品发表于《鸭绿江》杂志，曾获辽宁省高校学生“继承传统 面向未来”诗歌征文比赛二等奖。现居辽宁葫芦岛市。

王子昂的诗

深夜唠叨的青蛙

听我说，在此定居的过客，
倾听我的良言：
夜莺，请停止您的演唱——
至少此刻应当如此。
明晚，我预见九个太阳，
追着高个子奔跑，
头顶的兔子在嘲笑造海的鸟儿……
是谁在冷哼？
我可走遍每一块干涸的土地，
连蛇见了都要赞叹不已。
罢了！罢了！
你们尽管走吧、质疑吧、嘲笑吧！
后天干枯的荷叶丛、
足以为我提供铁一般的证明——
好了夜莺，
继续唱吧。

雨燕

没有脚并不可耻——
没有翅膀才是。
针叶林的欢呼呵、
热带的魔鬼听得一清二楚。
惊惧？颤抖？
去祷告吧！
在夹雨云未被洞穿之前。
而堵塞云顶的泉眼，
只有交给羸弱的躯壳才能做到。
雷？或是闪电——
亦或是其他任何可以，
可以撕裂这怪兽黑色眼眸的一切，
我都衷心为你歌颂。

第八辑
港澳地区及旅居海外青年诗人

吴燕青　香港青年女诗人，作品刊发于《香港文学》《台港文学选刊》《诗刊》《草堂》《作品》等，著有诗集《闪闪发光的事物学会匿藏》。

吴燕青的诗

梅花开过了

还有一些水盛放在花中
梅花已开过在凤凰山下
你取走其中的一朵的香
天是蓝的半个月亮洁白
你说起往事旧茶馆人去楼空
相思树粗大的枝干
一边长满深绿的叶
一枝已经枯萎指向天空
回不到从前了
那时你步履轻盈
腰身纤细眼里有星辰的光
只是在树下站立了一会儿
山顶就被云雾笼罩
只是在梅树下闻了闻花香
你就从少女走向了母亲

细小的蓝

她给予我细小的蓝
像是给予一粒蓝色的天
抑或是蓝色的深海
起着微细的波纹
最后她希望一切落入
深度的无声世界
白天里车流不息的马路
繁杂喧哗的闹市
二十四小时运作的电表房
污水管道的流水
会暂时切断在三维空间
她说这粒蓝
可以让
脑电波的活跃度
直线下降
直到世界在记忆中静止
她还说蓝能
回到祖先们钻石起火的夜晚
那时的夜繁星明亮
微微抬头就有
漫天星辰对你闪烁

原载《香港文学》2021 年 6 月号 438 期

只有海洋独自盛着波浪

深蓝的海洋，涨了潮
游鱼们在海中开生日会
沙滩上贝壳和沙子筑大城堡
红树林螃蟹和弹涂鱼在月亮下唱歌
孩子，我给你描述的海洋
还有中华白海豚跃出水面
睡前故事翻到十六页
海里还有许多美人鱼
多么广大美丽的海洋啊
孩子，我们现在要睡觉了
城市的夜灯一盏一盏熄灭
我们把口罩放在安全的地方
去看海的时候，我们再戴上
孩子，你会做一个甜梦吧
你的梦中，不会有病毒
妈妈也做梦，梦到海洋
只有海洋，独自盛着深深的夜色
独自盛着夜色中起伏的波浪

魏鹏展　80后，《小说与诗》主编、中文教师、香港小说与诗协会会长、中山大学中文系文学博士，硕士毕业于香港大学 中文系。著有诗论《新诗创作法》、诗集《在最黑暗的地方寻找最美丽的疤》。曾获工人文学奖。

魏鹏展的诗

你想脱下袜子

风狂吼，雷轰响
雨下得很大，很冷
街头传来哭声
路上有水洼
袜子湿了
你想脱下袜子
但你一再自我审视
笔直的西装
与亮丽的鞋子
走过街头
你在交通灯前踯躅
绿灯闪烁
袜子湿了
你想脱下袜子
但你与人群对视
然后一再自我审视

匣子里的乳齿

掉了的乳齿
装在匣子里
珐琅质不再长大
镶一颗植体
与真实的骨骼
融合
轻轻一舔
经络不曾贯通
闭合之间
我很难感受
空间与形体
很怕肌肤麻木
我一再寻觅生命的
痛楚

水先　作品刊发于《香港文学》《声韵诗刊》《工人文艺》《香港诗人》《女也》《小说与诗》《广州文艺》《佛城诗歌》等刊物。

水先的诗

火车一直朝前开

开过一座座沉静的青山
一朵朵白云
开进星辰闪闪的黑夜
又从黑夜里穿出，朝晨明开去
开着开着，一些座位空了
那无法停止的列车
继续穿过青山和云彩

有时窗外寂静
夜幕笼罩，一团又一团
沉厚的影子悄然移动
分不清楚是远山还是云朵
也分不清楚是否又回到从前
黑暗中，我们被某种熟悉围绕着
视线一片模糊
彷佛火车又开到原来的路上

另一个世界

眯上眼睛有助休歇
有助关上门，在喧嚣迷乱之中
回到宁静真实的自己
有助走向另一片开阔天地
在那里穿梭漫游
有助走进思想及思念的海洋
我们有时也会眯上眼睛
然后再打开
那些轻轻闭上眼睛
从此离开的人
只是又回到他们自己
回到无边的开阔中

在城市中心偶遇飞翔

慵懒的午后
一个中年男人提着公事包
穿过中环巷道时
被鸽群拦道截停
他索性将自己钉在鸽群中
白的黑的灰的鸽子在他眼前
整理羽毛，发呆，四下张望
伏在地面上或安闲地踱步
也有几只飞上飞下
在人类匆忙的世界
慢悠悠地晃荡
他整个人连忽的过去那半个上午
都慢了下来
他一动不动站着
暗地里整理他的羽毛
过了不久
我想他是飞走了

李嘉敏 目前就读于澳门大学。

李嘉敏的诗

断弦

我的竖琴总在雨天断掉一两根琴弦
就像遗失的时辰、摔落的珍珠
你对于我们难以忘怀的经历一言不发
似乎我的平凡是你一段不堪回首的过去
生命是默默地爬著万转千迴的栏杆
有些东西长在土里熟了
有的雨露浸润过枯叶，我们只是
在错误的光阴里落入彼此的视線
绵绵的雨声，很深的夜晚
我以为你只是下雨不来
为这雨声潺潺。一切都寂静无声
就像一个人坐在桑树下，或者站在
褐红色的木栈道上，你是那慵懒地泛起的小小涟漪
我是多情地抓住泥土的稠密树根
仿佛我们已经是活在这里几千年的生命
随时占有，又恣意放弃
就像清晨升起的太阳，到了晚上
便空虚地一无所有

王文 硕士毕业于北京师范大学法学院，现居澳门，从事法律相关工作，业余写诗歌和小说。诗作散见于《大观》《星火》《散文诗》《江南诗》《诗歌月刊》及香港《声韵诗刊》等文学期刊。

王文的诗

不再旋转的木马

沿着温榆河边看不到河的
山道
一路开到一家刚刚营业的度假村
吃完午饭四处游荡
原来有一座废弃的游乐园在附近

滑滑梯下躺着露出肚皮的野猫
不知道是不是刚从上面溜下来的
海盗船悬停在大海深处
永远都开不出来了
一群碰碰车被锁在一起
等待着有一天偕老成废铁

许多人坐过的旋转木马
安静地在雨中咀嚼青草
它曾像指针一样
一遍遍
把细微的声音振动
刻在旋转的轨道上
现在，却独自梳理鬃毛，喑哑不语

我们一起逆时针推动它
像播放一张年代久远的唱片
那些不小心录进去的欢笑声和情话
都在这寂静的午后
随着木马的步伐
慢慢回放出来
就像无数个恋旧的幽灵徘徊在周围
我们都听到了
再加上几十年光景
在一场戏里也许就是一次转场
具体表现为
一个美丽而徒劳的手势
于是我上前轻轻叩门

原载《江南诗》2021 年第 4 期

在梅兰芳故居外

在护国寺大街吃完卤煮
缓缓移步向后海
意外经过曾想探访的梅兰芳故居
又意外发现刚刚错过开放时间
此刻
朱漆大门紧闭
一双铜扣环垂下
封缄了对这扇门后的所有想象

但看过照片的我知道
那会是一个宽阔的院子
院子里有一颗西府海棠
现在应当结满果实
在秋风中即将成熟
即将落地砸出深深浅浅的坑
当年梅兰芳先生曾无数次在树下踱步
此刻我与他
仅仅隔着一扇门

桑海萍　青海西宁人。2014年留学日本，现旅居东京，就职于中国旅游集团日本分公司——日本中国旅行社株式会社。曾远游中国、日本各地，以真实情感创作了大量游记和诗歌，逐渐开始了自由写作生涯。文章和诗歌先后收录在《青年诗歌年鉴》《大诗刊》《青海旅游》《金银滩》《湟水》等书刊。

桑海萍的诗

樱语

四月的心事，秘密还在
樱低语的声音冲破光线的微笑
看看破晓的飞蛾是否迎风摇曳，蝶翼翩飞
一语樱花婆娑如梦，荡起我内心的万顷良田
清风微呼，零落成雨，白云含笑，呢喃成诗
光影忧伤，借着残梦回荡在尘世的空里
明与暗交织的影子
如我惆怅的思绪凌乱地游荡
樱躲不开风，风追逐樱
风起便要离去
我不忍
却奈何不了樱骨子里种下的自戕的匕首
一边热烈地绽放一边吟咏凄凉的悲歌
携风一缕
呼啸中定要用残存的躯体再美一次
春雨驾风而来，樱便要归于泥土
把青春还给江河，把生命奉献成歌
惊鸿一瞥，樱语无声

红河谷上

红河谷巍峨而静谧，庄严而温柔
高高的山岗上，云层朦胧
闪现的分分秒秒敞开了我极具微小的心
山峦面向宽广，平衍旷荡，浑浑无涯
三生三世不曾寂寞
我踩实的脚印随着哨风飘向远方
或禅坐或奔跑或静默
再多的疯狂都填不满红河谷的寂寥
再高的海拔都无法抚平忘忧草的孤独
经幡沙沙作响，流成一条溪水，承载着忧伤
一个又一个漫长的白昼交替黑夜
也就是这样的静谧
让我感到真正的幸运
我敞开身姿平躺在山头
心中默念
下一次见到的你就应该是我的眼睛

月夜

门前的溪水静流
残存的月光散落一地
枯枝在寒风中孤独
一抹岁月的浓香在何处弥漫
一半是清醒，一半是残梦
只有那白昼看破命里的寂寥
只有那黑夜关上心房的落寞
我深思着，渐渐入睡
酣淳的夜思让甜甜的梦儿，闯进深宵
这世间多少悲欢与离合总在那朝朝暮暮？
而我的呜咽又如何激起黑夜的丝丝垂怜？

崔柏 80后，清华大学硕士，现在英国留学深造。

崔柏的诗

酸枣刺花

不记得多少个皇上，多少女娃出嫁
土坡上的酸枣刺花一年年落了又发

那条坡上的路，鞭炮炸、石磨推、羊拉粑粑
黄河逃荒的人踩着月色来晨曦去
一头挑着铁锅一头挑着一竹篮被子和婴儿

外婆明亮的针扎透，一层层化石静默的鞋底
她枯树皮的额头上反射着油灯的柔光
她的银戒指护着拇指不被刺伤
一针针牵引着线，飞舞出凤凰

枣刺花满天星，没有姐姐的春衫黄
空谷的布谷，从小桃红唱到天净沙
秋天的放羊娃抱着红酸枣刺
月嫦娥上落下的白发

【后记：《尔雅》：樲，酸枣，树小实酢。外婆常讲河南黄河发大水来关中逃荒的人，乡人称之为河南担。布鞋的鞋底是一针针扎出来的，凤凰，牡丹的图案也由巧手和彩线绣出。小桃红，越调。天净沙，越调，又名塞上秋。

此二调皆属元曲牌。梦窗《八声甘州》：问苍波无语，华发奈山青。】

织机

奶奶的织机躺在门道的角落里，沐浴着夕光
数百个木头零件在深夜复活，喳喳嚓嚓
木轮依然飞速地转动，白线旋着芭蕾舞
奶奶坐在那昏黑的地方，从遥远的村外赶来

天亮——织机骤然宁静
紧挨着枯干的蓬蓬草，雄鸡报晓
厨屋的窑洞飞出蓝紫色云雾
雌鸡下过蛋，围着院子兴奋地痛苦地跳舞

年老的织机静静躺在金黄的角落
停在过往牛羊落满尘土的目光里
偶尔有孩童跳上木梁，大人呵斥

只有在归来的奶奶手中，织机才有耶稣复活的生命
低低地唱一支三十六哭，渴饮黑夜的莲花

奶奶过世后，三爸一家离开窑洞
鞭炮声里搬入砖瓦的新家，织机不知所踪

三妈带你去儿子华丽的婚房——那扇门平时锁着
儿子儿媳婚后一起去了南方的工厂
抚摸着丝绒被，她的皱纹——好像奶奶的涟漪
落满尘土的满屋榆木家具，像沐着夕光的织机

【后记：“三十六哭”，秦腔《下河东》。老家窑洞的院子，入院的门道里，有一古老的织布机，巨大

且精巧，落满尘土，也许只有奶奶年轻时使用过。后来村里的人陆续从窑洞搬出，旧村子也被推平，成为田地，织布机或许埋在黄土下，或许拆了变成柴火。辛丑年然后四月廿八记。】

崔府君生日

某一年崔府君生日
突然想起一部韩国影片
翻遍网络却找不到资源
片名叫出租车司机
一个普通人的传记
普通的像窗外的枫树
枝叶繁茂，向阳而生，子孙遍地
那个黄昏他凝视着它
想起了有人想抹去
一个计程车司机的一生
最有尊严的时刻
他们想删掉他的一切存在
枫树却依然温柔地沐浴着
观自在菩萨的五色云霞

【注：崔府君，名崔珏，唐河东道乐平人，自唐而来民间奉为神灵，立崔府君庙，及泥马渡康王故事。东京梦华录：六月六日州北崔府君生日，多有献送，无盛如此。】

刘家瑜　甘肃兰州人，本科毕业于四川大学哲学系，现旅居英国。

刘家瑜的诗

布鲁图斯

十二个月
又十二个月
成双的婚礼中
肉身的沉默
最终成为湖水：
我们的睡床

我的弟兄和我
交替假寐
在是与非是之间
找一个匕首般的词

刺向这床的主人
刺向那造我的巨物
我们是群狼的遗产
我们是自造的孤儿

妈妈
你看啊
看这两头骄傲的杂种
脐带还缠在一起

仿佛彼此相爱
手脚尚且柔软
就急着为自己戴冠

妈妈
你听啊
听云层背后
那不爱你的
他的胸肺怎样破裂
听那浪潮上行中
最惊惧卑怯的喘鸣：

“Ettu？Et tu！”

第九辑
诗歌评论

胡少卿 当代诗人，学者，现任对外经贸大学中文学院教授、硕士生导师。

2021 年度青年诗歌管窥

我从 2021 年度青年诗人大量的文本中精选了一两百首诗作为管窥对象，它们大多公开发表于 2021 年度的各类诗歌出版物，作者年龄从十五岁以上、二十岁出头到四十岁不等。编者嘱我写一篇针对这些诗歌的综合性评点文章。看完这些诗歌后，第一时间浮上我脑海的是已故诗评家陈超先生一篇诗评的名字：“老派的新人。”作者们虽然担负着“青年”之名，但他们的写作走的是沉稳持重的路子，呈现出的是当下诗坛的惯用写法，触及主题也是诗歌中的经典母题。下面从四个方面简要评述一下他们的写作所呈现的突出特征。

一、发现日常生活的诗意

自 20 世纪 90 年代以来，当代诗歌结束了自己的“精神青春期”，进入到一个潜入俗世且与俗世共生的阶段。作为诗人欧阳江河所说的“一群词语造成的亡灵”，诗人们用各种新的方式重构语言与世界的关系。其中一种典型的做法就是在诗歌中大量书写日常生活场景，发掘日常生活的诗意，在写作手法上强调用经验代替情感，用智性代替感性，用叙事性、戏剧化代替抒情性，用及物代替不及物，用日常代替高蹈。这一写作风尚在青年诗人们的笔下仍在延续，大量诗篇致力于从普通、平常的日常生活细节中提炼、揭示其超脱性的一面。

刘雅娴的《逃离》写的是坐飞机的感受，对于这一司空见惯的旅行方式，诗人赋予其诗性想象，把飞机着陆理解为一次解放，从虚幻、悬空的束缚中，来到真实的地面：我最爱飞机下降时的剧烈滑行/从云端层层跌落/束缚也一一解开/直至着陆，直至再次经历/另一块土地平坦的真实。王珊珊《给昙花的仪式感》写的是在黑夜静待昙花开放的感受：抽出一点时间在黑夜中静坐/什么都别说，什么也别想/只是默默地凝视，不要流露出/丝毫伤感。以爱人、家人的态度/让它对仪式感有所知觉/让它离开时和到来时一样轻松。诗人提倡一种静待昙花开放的仪式感，昙花的开放与闭合由是变得庄重而虔诚，它成为可以照耀日常生活的美丽精神的象征。张端端《一首诗的诞生》写的是一所学校的日常，操场、教室、教学楼、黑板、粉笔这些常见的校园物象，在诗人的想象组合中神秘、深邃，成为“闪烁着光之鱼鳞”的“秘境”。她的《郊野公园》《交换》都是典型的从日常场景、物象中延伸想象、挖掘诗意的作品。周园园的《源头》《不及物》《纪念日》中描述的日常因为记忆、因为时间的淘洗而显得温柔可人，像夜晚的台灯下几颗被磨圆的鹅卵石。罗紫晨的《在陶瓷店》《路边的红蔷薇》也是这个类型的写作。

作为日常生活的一个重要组成部分，行旅这一题材类型也在青年诗人的笔下屡屡出现。它们通常以旅行地点作为诗名，全诗围绕特定地点的行旅感受而展开。盛华厚《冶仙塔的夏天》抒发了夏天在冶仙塔隐居的感受。冶仙塔本是北京密云一个不太知名的旅游景点，盛华厚的这首诗有效激活了“冶仙”二字的丰富内涵，使这座塔不再是一座普通的砖石建筑，而变成了一个可以锤炼精神的容器。敖竹梅的《武康路》触及到上海知名老街道武康路的前世今生，结尾处写“驳杂的时代/寄居在那些窄而霉的房间里”，则暗用沈从文北京住所“窄而霉小斋”的典故，试图将读者带到一个地点背后复杂的历史肌理之中。类似的诗还有董喜阳的《游君山》《汴河街》，野子的《济南笔记》《在天水》等。

二、与古典诗歌遗产对话

汉语新诗自诞生以来，一直生存在中国古典诗歌的阴影之下。它是以叛离古典诗歌传统作为开端的，但在发展过程中，却不得不一再地回归古典诗歌传统，一再地从古典诗歌中汲取营养。新诗史上，既诞生了像闻一多、何其芳、卞之琳这样的，将古典意趣糅合到新诗中的成功例证，也诞生了像穆旦、艾青、郭沫若这样，写出了距离古典意趣较远的成功诗作的诗人。如何在新诗中化用古典遗产一直是诗人的试验场。这40位青年诗人的写作实践，比较典型地体现了当下新诗写作与古典遗产之间平和交融的文化生态。

中国传统社会是一个重视亲情伦理的社会，“谁言寸草心、报得三春晖”，亲情在古典诗歌中有较多的表现。五四新文化运动之后，受到世界范围内现代主义文学的影响，文学热衷于写家庭的解体、亲情的破产，如鲁迅《狂人日记》、张爱玲《金锁记》、残雪《山上的小屋》、余华《现实一种》等，均是致力于打破亲情幻象，描写一种赤裸裸的残酷。在这批青年诗人的写作中，我看到了对现代主义写法的反拨，他们重新开始重视亲情伦理，重回古典时代的温暖人情。有不少作品抒写自己对于父母、爷爷奶奶等亲人的爱。如张志忠的《祝爸爸妈妈儿童节快乐》写到："这个词读作娘，我写不好/那个词读作爹，我也写不好/两个词的对话，就像两个孩子玩闹一样/我祝那个词与这个词，儿童节快乐"，似乎是在模仿小孩子的语气，很害羞地祝爹娘六一快乐，饶有童趣。潘宏义的《姐姐》和《父亲》抒发了对生命中两个重要亲人的爱。在《父亲》中，他写：岁月　这只残忍的老虎/会时刻降临/噬咬父亲沧桑的额头。苏瑾在《麦子的光芒》中写：父亲的脸庞，在光里，像稻田神圣的膜拜者。两位诗人对待父亲的态度充满了神圣、尊崇和虔敬。这和吕德安1980年代的著名诗作《父亲和我》中对父亲的感情稍有不同，和朱文1990年代的著名小说《我爱美元》中展示的父子关系则更有云泥之别。焦典在《如梦令》和《好东西》中，用一种别致的方式书写了对爷爷奶奶的深情。

在诗歌母题的选择上，青年诗人不避旧地，似乎有意与古典诗歌的经典写作一较高下。漆宇勤的《纸上团圆》触及经典的中秋团圆主题，一个人用一盆水将月亮邀请到桌上对饮，这便是现代奔波者的过节方式。齐润艳的组诗《空山与鸟鸣》、王文雪的《抚琴》、鱼小玄的《皎月》等作品比较整体性地带有古典意趣、古典美感，是对古典诗歌中意象、情调、想象机制的调用与继承。

咏物诗是中国古典诗歌中比较成熟的一种类型，有许多经典名篇，如贺知章《咏柳》、李商隐《蝉》、于谦《石灰吟》等。青年诗人们继承古典咏物诗的写作精神，用新诗的体式写出了不少咏物诗，以一首诗集中深入地摹写一个事物，不仅得其形，也得其神，如荆卓然的《油灯是夜晚盛开的花朵》。这首诗以前电力时代的照明工具油灯作为吟咏对象，把油灯刻画成一把钥匙，就像青年小说家陈春成在小说《竹峰寺》中藏起来的那把钥匙，它是"我"进入到故乡、老屋和过去时空的入口。肖春香的《钥匙》《瘦笔》《苦瓜吟》《偏爱》，王悦的《一些关于积雪的证明》令人印象深刻，都可以看作是好的咏物诗。胡粤泉《柔弱的水站起来了》正是一首言简意赅的关于瀑布的咏物诗：

我在潭底仰望
从天而降的瀑布
为它磅礴的气势震摄
为它高亢的歌声折服
攀上岩顶，看到一条

温柔流淌、轻步曼舞的溪水
绝境，柔弱的水站起来了

由物延伸到人，诗人们也写了一些咏人诗，如林萧《修鞋的人》、梁甜甜《快递员》、石慧琳《窨子屋女人》等，深入刻画了某个人或某类人的生存特征与精神气质。

意象是中国古典诗歌的经典概念，它以美国诗人庞德（Ezra Pound）和艾米·洛威尔（Amy Lowell）为中转，于20世纪初影响了英美诗歌中"意象派"的形成。英语诗歌中的意象派诗歌传入中国，又影响了大批汉语新诗诗人的写作。用汉语写作意象派新诗可视为一种迂回曲折的对于中国古典文学营养的致意。在青年诗人的写作中，我们仍然可以看到意象派诗歌影响的余绪，如汪亚萍的《再没有像这样平静》便是一首典型的意象派诗歌：

当我熄灭一盏灯，夜色
像一只纯白鸽子
双脚探在我的双肩上

为了不惊飞它
思绪被关在窗外
呼吸的翅膀缓慢收拢

"一旦成为诗人，我们就和亘古所有的诗人一起经营同一片花园"，不仅古典诗歌遗产、外国诗歌在持续地发挥影响，当代诗歌史上的经典诗歌形态也在一直不断地给后来者教益，在肖扬诗歌《馈赠》《不再孤独》、葱葱诗歌《雨夜》《故事》中，可以看到"朦胧诗"的影响，而在另一些青年诗人的作品中，还可以看到流行诗人席慕蓉、汪国真的影响。

三、对自我的挖掘

个人观念是五四新文化运动之后才开始在中国普及的，新诗在内容上与古典诗歌拉开距离的一大特征就是对于个人和自我的凝视，对于肉身感觉的重视。如果说古典诗歌在外部世界的壮丽河山里伸展，新诗则将个体自身，从身体到灵魂，都视为一片美丽的可以开掘的泉源。在这批青年诗人的作品中，出现了数量众多的凝视自我的诗歌，这可能从侧面反映出我们时代的精神状况：因为不确定性的增多，个体开始越来越多地倾向于内敛和自省，就像诗人柏桦在其自传《左边》中所言："当我赠与世界的力量渐渐减弱，我已把它唤回并集中在自己身上。”

这种对自我的凝视首先表现为对肉身的关注，但这种关注并不像二十世纪八十年代诗人伊蕾的名作《独身女人的卧室》那样关注个体欲望是否满足，而是关注肉身的衰败与否，有效与否。95后诗人王珊珊诗歌《以祖母为镜》表达的即是对衰老的恐惧，从祖母的形象中“我”看到的是令人不安的生命下降的曲线。尹宏灯的《不惑书》《中年墙》《中年茶》三首诗写的全是人到中年的感慨。左右在诗歌《裂缝》中描述了哪怕能听见一点点声音对他的意义：那是生活里的光/从另一个世界的裂缝/努力为我凿出来的/小/地/方。一梅在《小瀑布》里写：我的身体里有一条小河/发源地来自深处的虚无。这批青年诗人诗歌中的身体是感受性的，身体是他们和世界交通的管道，是他们的触须和叶片。苏瑾在《奇怪的味蕾》里写：我断定/气味，是一种意识。董喜阳在《请收割我的疼痛》里写：我的身体/每天都定时被秤钩拎起来/总有生锈的镰刀，收割我的疼痛。

对自我的凝视其次表现为对“我”的内在灵魂的描摹和确认。蔡英明在《自画像》里进行了这样的自我审视：我的灵魂像一架飞机/她是我身上最繁忙的航班/ ……//我的全部是镜子/有时用破碎，完成自己。罗紫晨的《三八是日速写》写了一个怀孕的女子对自己身份的迷乱感：是父亲的小女儿，也是别人家的儿媳妇，还是即将诞生的婴儿的母亲，这些身份“像一块百衲布/各样的称谓缝接在一起”，最终，“我”确认：我的底色是我自己/譬如玫瑰，它首先是玫瑰/然后，才是爱情。安然在《金桔皇冠》里塑造了一个完整、自足、引人称羡的自我形象：

我是一个小小的金桔
头戴皇冠，在众人中孑然而立

那个在日光的照耀下，赤裸，凝望——
小小的，散发清香气味的，是我

类似的诗还有望禾的《麦子》《原谅自己》等。

除了凝视自我之外，再拓宽一点讲，新诗相比于古典诗歌的一个特色是擅于捕捉抽象感知和心灵感受，擅于为充分主观化的情绪赋形，如望禾《孤独的形状》即是为孤独画像，臧思佳《总有一些无法调和》刻画的是人和人的相处。苏笑嫣带有组诗性质的《春》《冬》里，包含4首短诗，在诗中，季节和季节风物成了自我情绪的容器与赋形剂，令人想起穆旦的经典之作《诗八首》。

四、与时代链接

新诗是富于时代敏感的文学体式，五四新文化运动中的白话新诗，20 世纪 30 年代的抗战诗歌，“文革”结束后的“朦胧诗”，21 世纪之初的“打工诗歌”，无不站在时代潮头，展现民众最迫切需要的“鼓”与“呼”。翻阅手头的这批青年诗歌，我发现，诗人参与时代和公共生活的热情大大降低了，也缺少尖锐的批判之作，这和当下文学普遍性的“政治冷感”有关。在这一两百篇诗歌中，甚至涉及当下时代特征的名词也寥寥无几。焦典的诗歌相对来说，当下感、现实感比较强，诗中出现了“谷歌地图”“手机”“车厘子”“审核”“图像格式”“线上会议”等新式名词，作者总体上对现代生活抱有一种批判态度，致力于为过去的事物写下挽歌。

尘轩的诗歌是这批诗歌中少见的具有显而易见的愤怒和悲悯力量的作品。《也门婴孩》关注了至今仍在进行的也门战争中的受难儿童。也许许多读者只有在读到这样的诗歌时才会意识到，哦，原来也门也一直在打仗，原来遥远地球的角落还有这么多人一直匍匐在残酷的蹂躏之下。《缅怀一条死去的鱼》有一种悲愤和同情的力量，《诗歌课》则是对诗的使命和意义的再确认。

曹谁和赵目珍的诗呈现出一种深度模式，他们对社会现实的关注借助与先贤或历史文献的对话来完成，从出现在诗题中的这些经典之作的名字即可看出其潜文本：通天塔，镜与灯，尘埃落定，林中路。曹谁的《我要在世界的旷野上为人类弹奏一支安魂曲》折射出战争和瘟疫之下的人类处境。赵目珍的《林中路》在美国诗人弗罗斯特的名作《林中路》的基础上生发而成，表达了对现实的忧惧和对悲剧重演的反对：每到大雨将至/我们都要反省这林中之路/有多少人被歧路缠绕了/有多少人能抱着/真理的微光愤然前行。

云南丽江诗人刘宁的《阿恒朔》写一个名叫阿恒朔的老人回答死神的审问。死神问他：你一生都蜗居于此，从未见过世界是什么样，是否感到遗憾？而阿恒朔坦然答道：

“我睡在奉科乡的大山间，就是仰卧于世界的群山，
我饮用金沙江的水，便熟知世界的河流，
我坚守玉龙雪山的白，所以遵守与万物的盟约。”

阿恒朔的笃定令死神悄然而退。刘宁的写作与同为云南诗人的雷平阳诗歌《亲人》、鲁若迪基诗歌《选择》一脉相承，都体现了对于故土和家乡的珍视，体现了“把世界安放在牛背上”的倾向，这是一种与“全球化”理念相对的“地方化”（Localization）潮流。在当下的现实中，许多人回归乡土，试图在自己的出发地找到别一种诗与远方，如同巴西作

家保罗·科埃略小说《牧羊少年奇幻之旅》所喻示的那样。这是一种富有新鲜感的表达倾向，与之前许多在“与世界接轨”理念下写出的诗歌迥然有异。之前的诗歌常以浪漫主义姿态，表达外出浪游和冒险的愿望，在二十世纪八十年代的流行歌中，这种倾向也有显著体现，如崔健的歌《假行僧》《花房姑娘》，费翔的歌《故乡的云》，齐秦的歌《外面的世界》等。

95后诗人李慧文的诗沉稳而雄浑，富于思辨的力量，《一只黑猫》写猫的野心如虎，而“过去从未过去”，历史仍然是“一只黑猫和罐头”的游戏。诗歌常常被称为时代的号角，诗歌应该展现一种对于广阔事物的关怀能力。鲁迅先生将逝之前写的文章里说：外面的进行着的夜，无穷的远方，无数的人们，都和我有关。中国当代的青年写作，当然也应该有这样的抱负。

林林总总写了以上许多，仅代表我个人看到这些诗歌的观感。无论如何，在青年诗歌的写作中，可以去开辟、拓展的空间还是不少的，可以去弥补的短板也很多。上文所勾勒的特征，或许可以作为当下青年写作的某种动向或症候，或许不能。现在从事写作的青年诗人很多，优秀的诗歌诗人也很多，得出什么样的结论，取决于采集什么样的样本。以上提及的诗人只是青年诗人群体的一部分，我的评述仅仅是管中窥豹，一孔之见，这是必须郑重声明的。

编后记

我在很多地方强调过这个观点：青年诗人是新世纪中国新诗创作的新锐力量，他们整体上以开放的姿态、敏锐的思维、活跃的态势、巨大的潜能，为新世纪的现代汉语诗歌注入了崭新的活力，让我们可以看见一个令人鼓舞的诗歌未来。正是基于这一坚定认知，我本人克服各种困难，连续5年主编了《青年诗歌年鉴》（2015年至2020年卷），以年度选本的形式展示出广大青年诗人的创作实绩与艺术风貌，海内外广大青年诗人，包括众多诗坛知名诗人与批评家对《青年诗歌年鉴》的出版价值均予以充分肯定，这构成了我内在巨大的编选动力。

众所周知，2020年春天以来，由于疫情的影响，诗歌选本的出版不是一件容易的事情。但是，有意义的事情决不能半途而废，于是，我把自己身上的压力转变成一种动力，在我本人主编的《青年诗歌年鉴（2019—2020年卷）》一书被大大延期出版后，我决定继续编选《青年诗歌年鉴（2021年卷）》一书，并意欲在2022年之内出版，以便让这部年度出版的《青年诗歌年鉴》避免“中断的命运”。根据我这些年的阅读经验，数量众多的“80后”、“90后”以及“00后”青年诗人与作者，他们的创作整体上展示出来的横溢才华与巨大艺术潜力，因此，为他们提供一个诗艺展示平台，该选本的审美价值与文学史价值是不言而喻的。而《青年诗歌年鉴》也毫无疑问会成为当下极具特色与亮点的诗歌选本之一。根据我个人的认真观察与阅读印象，在2021年度，盛华厚、漆宇勤、曹谁、安然、苏笑嫣、赵目珍、董喜阳、林萧、潘宏义、尘轩、周园园、肖春香、刘宁、葱葱、左右、王珊珊、尹宏灯、敖竹梅、野子、肖扬、张端端、望禾（王静）、鱼小玄、李慧文、焦典、荆卓然、齐润艳、刘雅娴、苏瑾、臧思佳、胡粤泉、王悦、施展、梁甜甜、汪亚萍、蔡英明、罗紫晨、王文雪、石慧琳、高振霆等一大批80后诗人、90后诗人以及00后诗人在本年度的诗歌创作中有着良好的表现，他（她）们的诗歌写作在思想艺术层面所展示出来的可观创造力与巨大潜能，值得我们非常欣赏与期待。关于这一点，70后优秀批评家、诗人胡少卿在其年度青年诗歌综评性文章《2021年度青年诗歌管窥》中进行了具体、到位的阐述。

令我感到十分高兴的是，《青年诗歌年鉴（2021 年卷）》一书的出版得到了内蒙古人民出版社的大力支持，在此深表感谢。两年前我和内蒙古优秀女诗人布木布泰合作主编过一部诗选《科尔沁诗篇》，该书就是由内蒙古人民出版社出版，说来这就是一种缘分，我相信第二次与内蒙古人民出版社合作，一定会有更好的前景。这里我要对《青年诗歌年鉴（2021 年卷）》一书责任编辑李鑫先生给予我的信任与宽容真诚致谢！借此机会，我还要对布木布泰、陈小平、吴光琛、马丽、云水音、肖武、刘建华、胡建文等诗人与学者朋友给予我精神上的大力支持，由衷地道一声“谢谢”！在该诗歌选本的编选过程中，我的弟子、青年诗人陈琼、王玥、唐梅等，以及程锦圆、赵秦、张道中、陈家仪、何林臻、李蓓蓓、冯佳艺、盛奇敢、廖芷轩、李曌萱、左昭、睦颖菲等北师大硕士生、本科生同学做了诗稿录入与初步编排、校稿等具体工作，在此一并表示感谢。

是为后记。

主编谭五昌

2022 年 8 月 1 日深夜写于江西吉安